네 사람의 서명

THE SIGN OF FOUR

아서 코난 도일 지음
인트랜스 번역원 옮김
승영조 감수

H
현대문학

| 차례 |

머리말 — 7

머리말

『주홍색 연구』의 신입 탐정 홈즈는 이제 잊어라. 『네 사람의 서명』
(1890)에서 홈즈의 자신감은 최고조에 달하고, 수수께끼 같은 과거
의 일로 고통 받던 미모의 의뢰인 메리 모스턴 양의 사건에 강렬한
흥미를 느끼고 깊이 빠져든다. 대단히 만족스러운 탐정 이야기인
『네 사람의 서명』에서 홈즈는 거의 모든 장면에 핵심 인물로 등장한
다. 한편 왓슨은 나름대로 인생의 장밋빛 순간을 맞이하여 홈즈와 함
께하던 생활을 끝내게 되고, 베이커 스트리트에 홀로 남겨진 홈즈는
마약에 빠진다. 『주홍색 연구』 사건이 해결된 지 7년, 홈즈는 그사이
평생 기억에 남을 경험을 많이 한 것 같다. 그런 경험들을 밑거름으
로 하여 그가 해결하고자 한 이번 사건의 발단은 인도 폭동이라는 역
사적 항쟁의 시대로 거슬러 올라간다. 모험은 기묘한 난쟁이와 의족
을 한 사나이, 믿음직한 개, 템스 강 아래로의 숨 막히는 추격전 등 영
화와 같은 흥미로운 요소들로 가득하다. 『네 사람의 서명』 결말 부분

에서 범인이 털어놓는 살인과 강도, 배신과 복수의 뒷이야기에서는
영국 식민정책의 속국이었던 인도의 모습과 식민정책이 빅토리아
시대에 미친 영향이 잘 요약되어 있다.

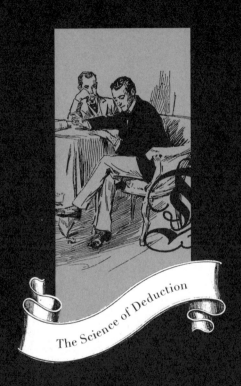

The Science of Deduction

제1장 추리의 과학

셜록 홈즈는 벽난로 선반 구석에 있던 약병을 집어 내렸다. 그는 멋진 모로코가죽 케이스에 담긴 피하주사기도 함께 꺼내 덜덜 떨리는 길고 하얀 손가락으로 주사기에 약을 채워 넣었다. 그리고 왼쪽 셔츠 소매를 걷어 올린 후 잠시 생각에 잠겼다. 힘줄이 굵게 돋은 팔목은 온통 바늘 자국투성이였다. 홈즈는 상념에서 빠져 나와 이윽고 날카로운 바늘을 팔뚝에 푹 찌르더니 주사기의 조그마한 피스톤을 끝까지 밀어 넣었다. 주사기를 쥔 팔이 힘없이 아래로 떨어졌고, 홈즈는 그제야 만족한 듯 긴 한숨을 내쉬었다. 그리고 벨벳 안락의자에 몸을 깊숙이 파묻었다.

나는 벌써 여러 달째 하루도 빠지지 않고 매일 세 번씩 이 광경을 목격한 바 있지만 여전히 그의 못된 습관에 익숙해지지 않았다. 오히려 날이 갈수록 더 언짢아졌고, 홈즈의 행동을 말릴 용기가 없다는 사실에 매일 밤 양심의 가책을 느껴야 했다. 홈즈에게 내 진심 어린 충고를 반드시 전하고야 말겠다고 수도 없이 다짐했지만, 어느 누구라도 태연하고 냉담한 그의 태도를 보면 그렇게 하지 못할 것이다. 또 홈즈의 뛰어난 재능, 냉철한 판단력, 경험으로 알게 된 그의 비범한 능력 때문에 더욱 주저하게 되었다.

그런데 웬일인지 그날 오후 내 모습은 여느 때와 달랐다. 점심에 곁들인 본 와인 때문인지 아니면 홈즈의 천하태평인 태도에 화가 치밀어 올라서였는지, 나는 참지 못하고 소리쳤다.

"오늘은 또 뭐였어? 모르핀이야, 코카인이야?"

고딕 활자로 인쇄된 낡은 책을 보고 있던 홈즈는 나른하게 고개를 들고 말했다.

"코카인이야, 7퍼센트 용액이지. 왜, 자네도 해볼 테야?"

"필요 없어!" 나는 퉁명스레 대꾸했다. "이봐, 나는 아직도 아프간 전쟁 때 입은 부상에서 회복되지 않았어. 더는 무리를 할 기력이 없단 말이야."

홈즈는 내 격앙된 태도에 웃는 낯으로 말했다. "그래, 자네 말이 옳을지도 모르지. 마약이 건강에 해롭다는 데는 나도 동의해. 그런데 왓슨! 내가 발견한 게 하나 있는데, 코카인은 사실 용기를 북돋워주고 정신을 맑게 해주는 효과가 대단히 탁월하단 말이지. 그래서 그까짓 부작용은 별로 중요하지 않다고 봐."

"좀 더 신중하게 생각해!" 나는 진심으로 충고했다. "결국 대가를 치르게 될 거야! 그래 자네가 말했듯이, 코카인이 자네의 뇌를 흔들어 깨울 수도, 흥분시킬 수도 있어. 하지만 그건 뇌세포 조직의 변이를 유발하는 비정상적인 병적 작용일 뿐이야. 결국 자네의 뇌는 치명적인 손상을 입게 될 거야. 자네도 이미 그 부작용을 경험하고 있잖아. 하등의 도움이 안 되는 일이야. 타고난 위대한 재능을 망칠 위험을 무릅쓰고 덧없는 쾌락을 추구하는 이유가 뭐야? 명심해, 나는 지금 자네의 동료로서 말하는 게 아니라 누군가의 건강을 책임져야 하는 의사로서 조언하는 거야."

홈즈는 내 말에 화가 난 것 같지 않았다. 오히려 대화를 즐기는 듯 보였다. 의자 팔걸이에 팔꿈치를 올려놓은 채 양 손가락 끝을 한데 모으고는 말했다.

"내 머리는 말이지, 잠시라도 가만히 있는 것을 아주 싫어해. 문젯거리가 필요해. 일거리를 달란 말이야. 아무도 풀 수 없는 난해한 암호나 복잡한 분석 문제를 던져주면 내 머리는 이내 안정을 되찾을 거야. 아무렴, 저런 약 따위는 당장 끊을 수 있고말고." 홈즈는 한숨을 쉬었다. "정말이지 이런 무미건조한 일상은 견딜 수가 없군. 나는 늘 정신적으로 고양된 상태를 열망하고 있어. 이런 특별한 직업을 선택한 것도 다 그 이유 때문이지. 아니, 내가 이 직업을 만들어냈다고 하는 편이 더 맞겠군. 바로 이 셜록 홈즈가 이 세상에 존재하는 유일한 탐정이니 말이야."

"자네가 유일한 탐정이라고?" 나는 눈썹을 치켜뜨며 말했다.

"아무렴, 유일무이한 자문탐정이지. 범죄 수사계의 최종심이자 대법원이라고 생각하면 될 거야. 그레그슨 경위나 레스트레이드, 애셜니 존스 같은 형사들이 자신의 한계를 넘는 사건을 맡게 되면 나를 찾아오거든. 형사들 수준이 그 정도밖에 안 되는 걸 어쩌겠어. 아무튼 나는 사건에 관련된 자료를 모두 분석하고 전문가로서 의견을 내놓지. 하지만 절대 내 공적을 주장하는 법은 없어. 덕분에 신문에는 내 이름 대신 그치들 이름이 오르내리지만, 나에게는 내 비범한 재능으로 미궁에 빠진 사건을 해결하는 것, 그 자체만으로 커다란 기쁨이고 대가가 되기 때문에 크게 신경 쓰지 않아. 자네도 제퍼슨 호프 사건 때 이미 내 능력을 경험하지 않았어?"

"그래, 정말 대단했지." 나는 진심으로 말했다. "내 평생 그렇게 충격적인 일은 처음이었어. 그래서 책으로까지 펴냈지. '주홍색 연구'라는 아주 그럴듯한 제목과 함께 말이야."

홈즈는 슬픈 표정으로 고개를 내저었다.

"흠, 그 작품을 우연히 보긴 했지. 사실 그다지 만족스럽지 않더군. 이봐 왓슨, 범죄 수사는 정밀과학이고, 정밀과학이어야만 해. 과학과 마찬가지로 냉정해야 하고, 감정에 휘둘려선 안 된단 말이야. 그런데 자네는 말도 안 되게 과학적 범죄 수사에 로맨틱한 분위기를 가미해놓았더군. 마치 유클리드 제5공리에 연애소설이 뒤섞인 것처럼 어색했어."

"하지만 그 사건에 분명 사랑 이야기도 있잖아. 나는 사실을 있는 그대로 기록한 것뿐이야." 나는 항변했다.

"왓슨, 때로 어떤 사실은 덮어두는 게 더 좋기도 하지. 특히 여러 사실을 다룰 때는 그들 사이에 적당한 균형을 유지하는 것이 매우 중요해. 그리고 내가 생각하기에 그 사건에서 언급할 만한 가치가 있는 것은 단 하나밖에 없었어. 결과로부터 원인을 찾아내는 흥미진진한 분석적 추리 방식! 바로 이것 덕분에 사건을 해결할 수 있었거든."

그런 식으로 혹평을 듣자 나는 대단히 기분이 상했다. 딴에는 홈즈를 기쁘게 해주려고 최선을 다해 집필한 작품인데 말이다. 그리고 내 글이 자신의 특별한 재능을 찬양하는 데만 쓰여야 한다는 이기적인 사고방식에도 화가 났다. 베이커 스트리트에서 홈즈와 함께 사는 동안 그의 냉철하면서도 설교적인 태도의 저변에 깔려 있는 허영심을 확인한 것이 한두 번이 아니었다. 그래도 나는 그런 이야기를 일절 입 밖에 내지 않았다. 그럴 때마다 그저 부상당한 다리만 주물러댔다. 나는 오래전, 다리에 제자일 총탄 관통상을 당했었다. 다행히 걷는 데는 지장이 없지만 상당한 후유증이 남아, 날이 조금만 흐려도 상처 부위가 심하게 욱신거리면서 살을 파고드는 고통이 느껴졌다.

"왓슨, 최근 나의 활동 범위가 대륙까지 확장됐어." 홈즈는 브라이어 뿌리로 만든 낡은 파이프에 담배를 채워 넣고 다시 말을 이었다. "지난주엔 프랑수아 르 발라르가 나한테 자문을 구하러 왔거든. 자네도 알겠지만 그는 최근 프랑스 수사 팀에서 두각을 나타내는 인물이야. 그런데 켈트인답게 뛰어난 직관력은 갖추었지만 다방면의 정확한 지식이 영 달리더군. 탐정의 기예를 더욱 발전시키려면 그게 필수인데 말이야. 그가 자문을 구한 건 유언장에 얽힌 사건이었는데, 몇 가지 흥미로운 데가 있었지. 마침 유사한 사건 두 가지를 알고 있어서 그걸 알려줄 수 있었어. 하나는 1857년 리가에서, 다른 하나는 1871년 세인트루이스에서 발생한 일이었지. 발라르는 내 도움에서 결정적인 실마리를 얻어 사건을 해결했어. 자, 이걸 봐, 오늘 아침 그가 보낸 편지야."

홈즈는 구깃구깃한 프랑스제 편지지 한 장을 내 앞으로 툭 던졌다. 나는 힐끗 내려다보았다. 대충 훑어보아도 온통 홈즈에 대한 찬사로 가득했다. '굉장한 재능', '대가의 솜씨', '현란한 기술' 같은 열정적인 찬사를 나타내는 프랑스어들이 여기저기 눈에 띄었다.

나는 한마디로 대꾸했다. "음, 이자는 마치 자네를 스승으로 여기는 것 같군."

"맞아, 내 도움에 대해 지나치게 과대평가한 것 같긴 해. 자신이 가진 재능도 뛰어난 친구인데 말이야." 홈즈는 가볍게 말을 이었다. "발라르는 최고의 탐정이 갖추어야 할 세 가지 자질 중 두 가지는 갖추었어."

"세 가지 자질이라니?" 내가 되물었다.

"관찰력과 추리력, 그리고 지력! 발라르에게 한 가지 아쉬운 점이 바로 지력이야. 뭐 그것도 곧 갖추게 되겠지. 지금 내 책을 프랑스어로 번역하고 있거든."

"자네의 책이라고?" 내가 놀라 물었다.

"저런, 몰랐단 말이야?" 홈즈는 웃으며 소리쳤다. "내가 책을 몇 권 썼어. 모두 전문적인 주제를 다루고 있는 것들이야. 예컨대, 『다양한 담뱃재의 구별에 관하여』 같은 책이 그중 하나인데 나는 거기서 여송연, 궐련, 파이프 담배 등 140종의 목록과 담뱃재의 차이를 색상 도판으로 나타냈어. 담뱃재는 범죄 재판에서 끊임없이 등장하는 증거물이고, 때로 사건 해결에 매우 중요한 단서가 되기도 하거든. 만일 어떤 살인 사건의 용의자가 인도산 룬카를 피운다는 사실만 알아낼 수 있다면 수사망을 좁히는 데 큰 도움이 될 거야. 전문가의 안목으로 보면 트리치노폴리의 검은 재와 살담배의 보풀 같은 하얀 재는 양배추와 감자만큼 쉽게 구분이 가거든."

"자넨 정말 대단해! 사소한 일에도 천재적인 통찰력을 보이는군."

"대단하긴, 나는 단지 사소한 것들의 진가를 아는 것뿐이야. 내 논문 중에는 발자국 추적에 관한 것도 있어. 회반죽을 사용해 발자국 흔적을 보존하는 기술도 설명해놓았지. 또 직업이 손 모양에 미치는 영향에 대해 연구한 소논문도 썼어. 선원, 슬레이트공, 코르크 절단공, 식자공, 직조공, 다이아몬드 연마공 등 다양한 직업인의 손 모양이 그려진 도판을 소논문에 실었지. 그건 과학수사에 큰 도움이 되는 굉장한 연구라고 할 수 있어. 특히 시체의 신원을 밝힐 때나 범죄자의 전과를 확인하는 데 큰 도움이 될 거야. 이런, 나만 즐겁게 떠들어댔군. 자네 꽤나 지겨웠겠어."

"전혀 아니야. 내게도 아주 흥미로운 이야기였어." 나는 진심으로 감탄했다. "자네가 그걸 수사에 적용하는 모습을 두 눈으로 직접 본 적도 있잖아. 그나저나 자넨 방금 관찰과 추리라고 했는데 내 생각엔 두 개념이 어느 정도 의미가 겹치는 것 같은데?"

"왜 그렇게 생각하지? 전혀 그렇지 않아." 홈즈는 파이프 담배 연기를 동글동글 내뿜으며 안락의자에 아주 편안히 몸을 기댔다. "자, 예를 하나 들어보자구. 자네는 오늘 아침 위그모어 스트리트 우체국에 들렀어. 이 사실은 관찰을 통해 알 수 있었지. 그리고 우체국에서 전보를 보냈고 말이야. 이건 추리를 통해 알게 된 거야."

"아, 그걸 어떻게!" 나는 놀라지 않을 수 없었다. "둘 다 맞아! 그런데 도대체 그걸 어떻게 알았지? 아침에 우체국에 들른 건 순전히 충동적인 행동이었고, 아무에게도 그 일을 말하지 않았는데."

"아주 간단해." 그는 놀란 토끼 같은 내 얼굴을 보고 웃으며 말했다. "너무 간단해서 다른 말이 필요 없을 정도지만, 관찰과 추리의 경계를 분명히 해야 하니 한번 설명해보겠어." 자만에 가득 찬 홈즈는 사뭇 진지한 표정으로 말을 이었다. "나는 관찰을 통해 자네 신발에 묻은 소량의 붉은 흙을 발견했어. 최근에 위그모어 스트리트 우체국 건너편에서 포장도로를 갈고 흙을 파헤치는 공사를 시작했는데, 우체국으로 들어가려면 그 길을 피할 방법이 없거든. 또 내가 알기로는 이 독특한 붉은 흙은 그곳 말고는 근처에 없어. 여기까지가 관찰이고 그 나머지는 추리지."

"그렇다면, 내가 전보를 보냈다는 사실은 추리로 알아냈다는 말이야?"

"그렇지! 나는 자네가 편지를 쓰지 않았다는 것을 알고 있었어. 우린 오전 내내 함께 있었고, 자네의 책상 위에 두툼한 엽서 뭉치와 우표가 그대로 남아 있는 것을 보았거든. 그렇다면 자네가 우체국에서 할 수 있는 일이 뭐였겠어? 전보를 치는 일일 밖에. 그런 식으로 다른 요소들을 모두 제거하고 마지막에 남는 그 하나가 바로 진실인 거야."

"이번 경우엔 확실히 그렇군." 나는 잠시 생각한 뒤 말했다. "그런데 자네가 말했듯이 이번 추리는 너무 간단했어. 언짢게 생각하지 않는다면, 좀 더 어려운 것으로 자네의 이론을 시험해봐도 될까?"

"언짢기는커녕 단 몇 분이라도 코카인 생각을 안 해도 되니 오히려 반갑군. 기꺼이 자네 제안에 응하겠어."

"좋아, 그 이론에 따르면 일상생활에서 쓰는 물건에 개인의 흔적을 남기지 않는 것은 불가능하고, 그 때문에 전문적인 훈련을 받은 사람이라면 반드시 그 흔적을 찾아낼 수 있다는 애기인데." 나는 홈즈에게 손목시계 하나를 건네며 말했다. "자, 이걸 한번 봐. 얼마 전에 내게 들어온 물건인데 이 시계의 전 주인에 대해 말해줄 수 있겠어? 이를테면 그의 습관이나 성격 같은 것들 말이야."

나는 홈즈가 알아내지 못할 것이라고 확신했다. 다만 이 일을 계기로 그의 입에 붙은 독단적인 말투를 고칠 수 있을 거라 기대하여 내심 쾌재를 불렀다. 홈즈는 시계를 손에 쥐고 무게를 가늠했다. 그리고 문자판을 골똘히 바라본 다음, 뒤판을 열고서 처음에는 맨눈으로, 다음에는 고배율의 돋보기로 내부를 검사했다. 홈즈는 마침내 뒤판을 닫고 시계를 돌려주었다. 그의 의기소침한 표정에 나도 모르게 미소가 지어졌다.

"음, 흔적이 거의 없어. 누군가 시계를 깨끗이 청소한 것 같군그래. 그것도 얼마 전에 말이야. 단서가 될 만한 정보는 전혀 남아 있지 않아."

"자네 말이 맞아. 내가 받았을 때 시계는 이미 깨끗이 청소된 뒤였어." 내가 말했다.

나는 속으로 홈즈가 자신의 실패를 감추기 위해 가장 궁색하고 무능한 변명을 내놓는다고 생각했다. 시계를 청소하지 않았다 한들 뭐 그리 대단한 단서를 얻을 수 있단 말인가.

"만족스럽진 않지만, 그렇다고 소득이 아주 없는 건 아니야. 지금부터 내가 하는 말 중에 조금이라도 틀린 게 있으면 바로 알려줘."

홈즈는 답답한 듯 멍한 눈으로 천장을 올려다보며 말을 이었다. "우선, 그 시계는 자네 형의 물건이었어. 부친께 물려받은 거지." 홈즈는 자신의 추리가 맞는지 확인하려는 듯 나를 힐끗 보았다.

"맞아, 시계 뒤판에 새겨진 H. W.라는 글자에서 알아냈나 보군." 나는 짐짓 아무렇지 않은 척 대꾸했다.

"뭐, 그런 셈이지. W는 왓슨의 머리글자니까 말이야. 그리고 덧붙이자면, 거의 50년 전에 만든 것인데, 머리글자도 그만큼 낡은 걸 보니 H. W.는 제작 당시 새겨진 걸로 추측할 수 있어. 그렇다면 이 시계는 돌아가신 아버지의 소유물이었던 게 분명해. 대개 보석류는 그 집안의 장남에게 물려주는 법이거든. 또 장남이 아버지의 이름을 따르는 경우가 많아. 내 기억이 옳다면, 자네 아버지는 수년 전에 돌아가셨어. 그래서 자네 형님이 갖게 되었지."

"거기까지는 맞아. 그리고 더 없나?" 나는 얼굴이 상기된 채 말했다.

"자네 형님은 꼼꼼한 성격이 아니었어. 좀 지저분하고 부주의한 편이었지. 한때는 전도유망한 젊은이였지만 좋은 기회를 놓치고 가난하게 살았어. 뭐 가끔, 아주 가끔 잘나가던 시절도 몇 번 있었지만 그 기간은 길지 않았고 결국 알코올 중독에 빠져 돌아가셨어. 내가 알아낼 수 있는 건 여기까지야."

나는 의자에서 벌떡 일어나 다리를 절룩거리며 방 안을 서성였다. 참을 수 없을 만큼 불쾌한 기분이 끓어올랐고, 결국 울분을 토했다.

"이건 자네답지 않아. 자네가 이런 짓을 하다니 믿을 수가 없어.

자네는 불운한 내 형님에 대해 미리 뒷조사를 했어. 그러고는 이제 와서 기발하게 추리한 척한 거야. 낡은 시계만 보고 그 모든 걸 알아냈다고 나더러 믿으란 말이야? 말도 안 돼. 솔직히 말해서, 속임수 냄새가 나."

"오, 존경하는 왓슨 선생." 홈즈는 나를 달래려는 듯 친절한 어조로 말했다. "부디 내 사과를 받아주게나. 나는 그저 관념적으로 그 물건을 조사했을 뿐이야. 그것이 자네에게 얼마나 개인적인 문제이고 또 고통스러운 경험인지 전혀 생각지 못했어. 하지만 맹세코 그 시계를 건네받기 전까지 나는 자네에게 형이 있다는 사실조차 모르고 있었어."

"그렇다면 도대체 그걸 어떻게 알아냈지? 자네가 한 말은 모두 완벽하게 들어맞았어."

"아, 정말 운이 좋았군. 나는 모든 가능성을 고려했을 뿐이야. 그렇게 정확하리라곤 예상 못했어."

홈즈가 거짓말을 하는 것 같지는 않았다. 마음이 조금 진정되자 나는 진실이 알고 싶어졌다.

"단순히 어림짐작으로 말한 건 아니겠지?" 내가 물었다.

"아니지, 그건 아니야. 난 절대 근거 없이 짐작하지 않아. 짐작은 논리적 사고를 불가능하게 하는 고약한 습관이거든. 자네는 내가 어떤 추리 과정을 거쳤는지, 어떤 단서를 관찰했는지 모르기 때문에 놀랐던 거지. 예를 들어, 나는 처음에 자네 형님이 부주의한 성품을 가졌다고 말했는데, 그건 시계 아랫부분을 확인하면 알 수 있어. 두어 군데가 움푹 파이고 여기저기 긁힌 자국이 많이 보이잖아? 이건 한 주머니에 여러 가지 물건, 예컨대 동전이나 열쇠 같은 것들을 다 넣고 다녔기 때문이지. 형님은 50기니(요즘 돈으로 약 610만 원—옮긴이)나 하는 시계를 그렇게 막 다룬 사람이야. 부주의한 성품을 가졌을 거라고 추리하는 것쯤은 대단한 일도 아니야. 또 그만한 값어치의 물건을 상속받은 남자가 다른 면에서도 대단히 풍족했을 것이라고 추리해내는 것도 어려울 것 없지."

나는 인정한다는 표시로 고개를 끄덕였다.

"영국의 전당포에서는 시계가 물건으로 들어오면 뾰족한 핀으로 전당표 번호를 뚜껑 안쪽에 새기는 것이 관례야. 그렇게 하는 것이 꼬리표를 부착하는 것보다 훨씬 간편한 방법이고, 전당표 번호가 바뀌거나 번호를 잃어버릴 위험도 없으니 말이야. 그런데 이 시계의 뚜껑 안쪽을 돋보기로 보면, 전당표 번호가 네 개나 표시되어 있어. 그걸 보고 자네 형님이 과거 자금 부족 상황에 처해 있었다고 추리했지. 또 바로 그걸 보고 형님이 때로 갑작스러운 성공을 거두기도 했다는 사실을 짐작할 수 있었어. 성공하지 않았다면 저당물을 여러 번 되찾을 수도 없었을 테니까. 마지막으로, 시계 안쪽에 있는 태엽 구멍 주위를 확인해봐. 수천 개의 흠집을 한번 보라구. 태엽 열쇠에 부딪쳐 움푹 파인 자국이야. 제정신으로 누가 이렇게 될 때까지 긁고 있겠어? 이런 자국은 술꾼들의 시계에서 흔히 볼 수 있어. 형님은 술에 취해 시계태엽을 감으려 했고, 떨리는 손으로 열쇠를 구멍에 제대로 끼우지 못해 이 자국을 만든 거야. 이렇게 증거가 명백한데 모른다는 게 더 이상한 일이지, 안 그래?"

"그래, 자네 말이 맞아. 듣고 보니 정말 명명백백하군." 나는 홈즈의 추리를 인정했다. "내가 잘못했어. 자네의 놀라운 능력을 좀 더 믿어야 했는데 말이야." 나는 홈즈의 눈치를 살피며 말을 이었다. "혹시 오늘 현장 조사 나갈 계획은 없어?"

"없어. 그러니까 코카인을 맞고 있는 거야. 머리를 쓸 일이 없으면 견딜 수 없거든. 머리 쓸 일도 없으면 대체 무엇을 위해 살지? 이리 창가로 와봐. 정말이지 이렇게 따분하고 우울하고 공허한 세상이 또 어디 있을까. 저기 누런 안개를 봐. 거리 곳곳을 휘감으며 어둑어둑한 집들을 넘나드는군. 너무나 지루하고 무미건조한 세상이야. 의사 선생, 아무리 능력이 대단하다 한들 그게 다 무슨 소용이겠어, 발휘해볼 기회조차 없는데. 범죄는 진부하고, 인생도 진부하지. 오직 진부함만이 이 지상에 팽배해."

그의 긴 열변에 대답하려고 입을 여는 순간, 방문을 두드리는 노크 소리가 들렸다. 하숙집 주인 허드슨 부인이었다. 그녀는 놋쇠 쟁반 위에 누군가의 명함을 얹어서 들어왔다.

"홈즈 씨, 젊은 숙녀분께서 전해드리랍니다." 허드슨 부인이 말했다.

"메리 모스턴 양이라……. 흠, 낯선 이름이군. 부인, 모스턴 양을 올려 보내주시죠."

허드슨 부인이 나가고 내가 자리를 뜨려 하자 홈즈가 나를 불러 세웠다. "왓슨, 가지 마. 여기 남아 있어줘."

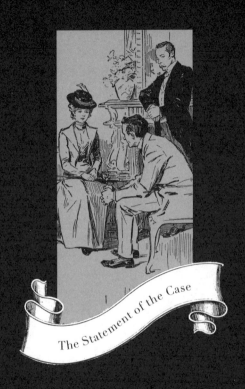

The Statement of the Case

제2장 사건 진술

메리 모스턴 양이 허리를 꼿꼿이 세운 우아한 걸음걸이로 방에 들어섰다. 이 젊고 아름다운 금발 머리 아가씨는 가냘픈 체구를 지녔지만 결연하면서도 침착한 태도를 보였다. 흠잡을 데 없는 단정한 옷차림에 장갑까지 갖추었다. 다만 장식이 없는 소박하고 검소한 복장으로 보아 경제 형편이 넉넉지 못하다는 사실을 알 수 있었다. 회색이 도는 어두운 베이지색 드레스에는 끝단 장식이나 술 장식이 하나도 달려 있지 않았고, 머리에 쓴 작은 터번도 드레스와 비슷한 지루한 색조를 띠었다. 다만 모자 측면에 꽂힌 하얀색 깃털 하나가 의상의 단조로움을 조금이나마 덜어주고 있었다. 모스턴 양은 이목구비가 아름다운 것도 아니고 피부가 아주 고운 것도 아니었지만, 표정만큼은 세상 누구보다 사랑스럽고 상냥해 보였다. 또 연민에 찬 커다란 푸른 눈에는 숭고함까지 배어 있었다. 지금까지 3개 대륙을 돌아다니며 여러 나라의 여성들을 만났지만 첫인상에서 이처럼 품위 있고 예민한 감성을 드러내는 여인은 처음이었다. 나는 그 아름다움에 압도당해 아무 말도 하지 못하고 그저 물끄러미 바라보기만 했다. 그녀는 홈즈가 내준 의자에 단아한 자세로 앉았다. 입술과 두 손이 조금씩 미세하게 떨리기 시작했고, 불안한 심리 상태로 인해 나타날 수 있는 모든 징후를 드러냈다.

"셜록 홈즈 선생님, 제가 찾아온 이유를 말씀드리겠습니다." 그녀가 말했다. "저는 포리스터 부인 댁에서 일하고 있습니다. 선생님께서 세실 포리스터 부인의 집안 문제를 해결하는 데 큰 도움을 주었다고 들었어요. 부인은 선생님의 훌륭한 능력과 친절한 태도에 크게 감동했어요."

"세실 포리스터 부인이라……." 홈즈는 생각에 잠긴 채 이름을 곱씹었다. "음, 생각나는군요. 사소한 사건이었고 간단한 도움을 드린 기억밖에 없습니다만."

"아, 부인의 말씀과는 다르네요. 아무튼 선생님, 제가 의뢰드리려는 사건은 좀 특이합니다. 도저히 이해할 수 없는 불가사의한 일이죠."

홈즈는 흥미롭다는 듯 두 손을 비비며 몸을 앞으로 기울였다. 매처럼 날카롭고 또렷한 얼굴에 몰입한 표정이 떠올랐다. 두 눈은 호기심과 열정으로 반짝였다.

"사건을 진술해주십시오." 홈즈가 사무적이고 딱딱한 어투로 말했다.

그 순간 나는 그 자리에 함께 있는 것이 어쩐지 어색하게 느껴졌다.

"그럼 전 이만 실례하겠습니다." 내가 자리를 뜨려 하자 놀랍게

도 이 젊은 아가씨가 장갑 낀 손을 들어 올려 나를 붙잡았다.

"선생님께서도" 그녀는 나와 홈즈를 번갈아 보며 말했다. "함께 있어주시면 정말 감사하겠습니다." 나는 뜻밖의 상황에 조금 머뭇거리다 다시 자리에 앉았다.

"간단히 이야기하겠습니다." 그녀는 한 차례 숨을 깊이 내쉬고는 말을 이어나갔다. "저의 아버지는 인도 주둔 연대에서 장교로 계셨습니다. 아버지는 제가 아주 어렸을 때 저를 영국으로 보내셨지요. 어머니는 일찍 돌아가셨고 영국에 살고 있는 일가친척은 한 사람도 없어요. 그래도 다행히 에든버러에 있는 훌륭한 기숙학교에 들어갈 수 있었고, 열일곱 살까지 그곳에서 생활했습니다. 그리고 1878년, 인도에서 장교로 복무한 아버지는 1년간 휴가를 받고 영국으로 돌아왔습니다. 아버지는 런던에 도착하자마자 저에게 전보를 보냈어요. 당신이 안전하게 영국에 도착했으니 즉시 랭엄 호텔로 오라는 내용이었어요. 딸을 향한 애정과 그리움이 가득 담긴 편지였죠. 저는 런던에 도착해 차를 타고 랭엄 호텔로 달려갔습니다. 그런데 모스턴 대위가 그곳에 투숙한 것은 사실이지만 전날 밤 외출한 후 아직 돌아오지 않으셨다는 겁니다. 저는 하루 종일 기다렸지만 아버지는 오지 않았어요. 결국 저녁 즈음 호텔 지배인의 조언으로 경찰에 실종 신고를 했고, 다음 날 아침에는 모든 신문에 일제히 아버지를 찾는 광고를 실었습니다. 하지만 저의 애타는 마음과 달리 결과는 좋지 않았어요. 그날 이후 지금까지 아버지에 대한 어떤 소식도 듣지 못했어요." 모스턴 양은 잠시 회상에 잠긴 듯 보였다. "인도에서 몸도 마음도 많이 지친 아버지는 편히 쉴 수 있기를 바라며 여기 고국으로 돌아오셨을 거예요. 그런데……."

그녀는 더 이상 말을 잇지 못했고, 갑자기 터져버린 울음을 참기 위해 손으로 입을 틀어막았다.

"그때가 언제였죠?" 홈즈가 사건 기록 수첩을 펴며 물었다.

"실종일은 1878년 12월 3일입니다. 거의 10년 전이에요."

"아버지의 소지품은?"

"호텔에 그대로 남아 있었어요. 단서가 될 만한 건 전혀 없었습니다. 옷 몇 벌과 책 몇 권, 그리고 안다만 제도(인도 동쪽 벵골 만 동부에 위치한 섬들을 가리킴―옮긴이)에서 가져온 수십 점의 진기한 물건들뿐이었습니다. 아버지는 안다만 교도소의 경비를 담당하는 장교셨어요."

"런던에 아버지의 친구는 없습니까?"

"제가 아는 바로는 딱 한 사람이 있습니다. 숄토 소령이라고, 봄베이 34 보병 연대에서 아버지와 함께 복무하셨어요. 소령은 아버지보다 조금 일찍 퇴역하셨고 런던으로 돌아와 어퍼노우드에서 살고 있었답니다."

"친구분께 연락은 취했나요?"

"물론이죠, 하지만 그분은 아버지가 영국으로 돌아왔다는 사실조차 모르고 있더군요. 함께 일한 동료였는데 말이에요."

"흠, 이상한 일이군요." 홈즈가 말했다.

"그보다 더 이상한 일에 대해 지금부터 말씀드리겠습니다. 6년 전쯤, 정확히 1882년 5월 4일에 발생한 일이에요. 느닷없이 《타임스》에 저의 소재지를 묻는 광고가 실렸습니다. 저를 돕기 위한 것이라는데, 광고를 실은 사람의 연락처나 이름은 적혀 있지 않았어요. 그때는 제가 세실 포리스터 부인 집에서 가정교사 일을 갓 시작한 시기였습니다. 부인이 이야기를 듣더니 그 신문광고에 제 연락처를 실어보라고 조언해주셨어요. 그리고 광고를 낸 바로 그날, 저에게 작은 상자 하나가 배달되었어요. 놀랍게도 상자 안에는 매우 크고 영롱한 진주 한 알만이 들어 있었어요. 어떤 메모도 없이 말이죠. 그날 이후, 매년 같은 날짜에 비슷한 진주 상자가 배달되었어요. 하지만 발신인에 관한 정보는 단 한 번도 적혀 있지 않았어요. 어느 날 전문가의 감정을 받으러 간 적이 있는데, 전문가는 진주를 보더니 '대단히 진귀하고 값비싼 보석'이라고 말했어요." 그녀는 품 안에서 납작한 상자 하나를 꺼냈다. "직접 한번 보세요."

뚜껑을 열자, 영롱한 진주 여섯 알이 상자 안에서 반짝이고 있었다. 내 평생 그렇게 크고 아름다운 진주는 처음이었다.

"정말 흥미로운 사건이군요. 다른 일은 또 없었습니까?" 셜록 홈즈가 서둘러 물었다.

"네, 있었어요. 그것도 바로 오늘 아침에 일어난 일이에요. 그것 때문에 선생님을 찾아온 거구요. 자, 이걸 좀 보세요." 모스턴 양은 봉투에서 편지를 꺼내 홈즈에게 건넸다. "직접 읽어보세요. 오늘 아침에 받은 편지입니다."

"고맙습니다, 그 봉투도 함께 주십시오." 홈즈는 봉투와 편지지를 차례로 살펴보았다. "7월 7일 자 런던 남서부 소인이 찍혀 있군. 흠! 귀퉁이에 엄지손가락 지문이 보이긴 하지만, 필경 집배원의 것이겠고 한 다발에 6펜스씩이나 하는 봉투에 최고급 편지지를 사용한 걸 보면 취향이 꽤나 까다로운 사람인 게 분명해. 역시 여기에도 주소는 없군."

"'오늘 밤 7시 라이시엄 극장 입구의 왼쪽 세 번째 기둥에서 기다리시오. 혼자 나오기 불안하다면 믿을 만한 친구 두 명 정도를 데려와도 좋습니다. 당신은 피해자입니다. 마땅히 공정한 보상을 받아야 합니다. 경찰에는 알리지 마십시오. 경찰이 알게 되면 모든 일이 수포로 돌아갈 겁니다. 익명의 친구로부터.' 정말 흥미롭고 미스터리한 사건이군. 메리 모스턴 양, 이제 어떻게 할 생각이십니까?"

"그걸 알고 싶어서 찾아온 거예요."

"당연히 가보셔야죠. 당신과 나, 그리고 아, 그래, 왓슨 박사를 데려갑시다. 편지에 두 사람과 동행해도 괜찮다고 적혀 있으니까요. 왓슨과 저는 전부터 함께 일을 해왔답니다."

"그런데, 친구분께서 함께 가려고 하실지……." 그녀가 애절한 눈빛으로 나를 보며 말했다.

"기꺼이 함께 가겠습니다." 나는 열정적으로 대답했다.

"두 분 모두 정말 친절하시군요. 그동안 전 소극적인 삶을 살아왔습니다. 그래서 주변에 믿고 의지할 만한 친구가 한 명도 없었죠." 그녀는 우리의 태도에 감동한 듯 보였다. "그러면 저녁 6시까지 제가 이곳으로 다시 오면 될까요?" 그녀가 물었다.

"좋습니다. 대신 절대 늦어서는 안 됩니다." 홈즈가 답했다. "그런데 한 가지 궁금한 점이 있습니다. 이 편지에 적힌 글씨체가 진주가 배달된 소포에 적힌 주소의 글씨체와 같습니까?"

"아, 혹시나 해서 주소가 적힌 종이도 가져왔습니다. 직접 확인해보세요." 그녀는 주소가 적힌 여섯 장의 종이를 주머니에서 꺼내 보여주었다.

"직감이 뛰어나시군요. 정말 모범적인 의뢰인입니다. 자, 같이 한번 봅시다." 홈즈는 여섯 장의 종이를 테이블 위에 차례로 펼쳐놓았다. 그러고는 날카로운 시선으로 하나하나 살펴보았다. "편지는 자기 필체로 적었지만, 주소를 적을 때는 일부러 다른 필체로 위장했군."

홈즈는 바로 말했다.

"그건 의심의 여지가 없습니다. 자, 여기 'é'가 그리스 문자처럼 돌출되어 있는 게 보입니까? 그리고 's'는 또 어떤가요. 뱀이 똬리를 튼 것처럼 끝이 꼬부라져 있지요? 틀림없이 동일인의 필체입니다." 홈즈는 고개를 들어 모스턴 양에게 물었다. "메리 모스턴 양, 저는 헛된 희망 따위는 심어주고 싶지 않습니다만, 혹시 이 필체가 아버님의 필체와 유사한 구석이 조금이라도 있습니까?"

"아니요, 전혀 없습니다." 모스턴이 고개를 저으며 말했다.

"좋습니다. 그럼 6시에 다시 뵙죠. 참, 괜찮다면 편지는 제가 가지고 있어도 되겠습니까? 이제 3시 반이니까, 기다리는 동안 좀 더 조사해보고 싶군요."

"네, 그렇게 하세요."

"그럼, 이따 뵙지요." 홈즈가 모스턴 양에게 정중히 인사했다.

"네, 안녕히 계세요." 우리를 찾아온 아리따운 아가씨가 밝고 다정한 표정으로 홈즈와 나를 번갈아 보며 말했다. 그러고는 탁자 위에 놓인 진주 상자를 다시 가슴에 품고 서둘러 방을 나섰다.

나는 창가에 서서 분주히 걸어가는 모스턴 양의 모습을 지켜보았다. 거리의 침울한 군중 사이로 그녀의 회색 터번과 하얀 깃털 장식이 작은 점으로 보일 때까지 나는 그녀에게서 시선을 떼지 못했다.

"정말 매력적인 아가씨야!" 나는 홈즈를 돌아보며 감탄했다.

홈즈는 파이프에 불을 댕겼다. 그리고 다시 안락의자에 몸을 파묻고는 눈을 감으며 말했다. "그랬던가?" 친구의 목소리에서 노곤함이 묻어났다. "눈여겨보지 않았어."

"무심하긴. 가끔 자네는 사람이라기보단 기계 같은 냄새가 나." 내가 큰 소리로 말하자 홈즈는 빙그레 웃음을 지었다.

"누군가에 대해 판단할 때는 절대 그 사람에 대해 편견을 가져서는 안 돼. 나에게 고객은 그저 사건의 한 가지 단위, 한 가지 요소일 뿐이야. 그 이상도 그 이하도 아니지." 홈즈는 계속해서 자신의 견해를 피력했다. "일단 상대를 감정적으로 보게 되면 더 이상 냉철한 추리는 불가능해. 내 말을 못 믿는 눈치인데, 실제 사례를 들어보지. 지금까지 내가 알고 지낸 여성들 중에 가장 아름다운 여성이 얼마 전 교수형을 선고받았어. 무슨 잘못을 저질렀을 것 같아? 모두

가 반할 만큼 매력적인 외모의 여성이 보험금을 타려고 자신의 세 아이를 모두 독살했다더군. 누가 그런 일을 상상이나 했겠어. 흠, 또 다른 사례가 더 있어. 몹시 혐오스럽게 생긴 한 남자를 알고 있는데, 그는 생긴 것과 반대로 대단한 자선가였어. 런던의 소외 계층을 위해 써달라며 25만 달러를 내놓기도 했지."

홈즈의 말에 나는 약간 불쾌해졌다.

"이번엔 아닐 수도 있잖아." 내가 말했다.

"내 사전에 절대 예외란 없어. 예외를 둔다는 것은 이론이 틀렸음을 증명하는 것이나 마찬가지야. 그런데 자네, 혹시 글씨체를 가지고 사람의 성격을 추리해본 적 있어? 이 편지의 글씨체를 한번 봐. 어떤 사람 같아?" 홈즈가 내게 편지를 내밀며 물었다.

"음, 읽기 쉽게 또박또박 잘 적은 것으로 보아 성품이 올곧고 실무에 능한 남자 같군."

홈즈는 고개를 좌우로 저었다.

"그렇지 않아. 긴 글자들을 봐. 짧은 글자들과 별반 차이가 없어. 'd'와 'a'를 구분하기가 쉽지 않지. 'l'과 'e'도 마찬가지고 말이야. 성품이 올곧은 남자라면 제아무리 악필이라 할지라도 긴 글자는 확실히 구별하여 적었을 테지. 'k'를 보면 그의 우유부단한 성격이 느껴지고, 대문자에서는 자만심까지 엿보이는군." 홈즈의 추리에 내가 잠시 넋을 놓고 있는 사이 어느새 그는 나갈 채비를 마쳤다. "잠깐 다녀올게. 알아볼 것이 몇 가지 있어. 그사이 자네는 이 책을 한번 읽어봐." 홈즈가 책장에서 책 한 권을 꺼내주었다. "내가 인정하는 책들 중 하나야. 윈우드 리드의 『인간의 순교』, 정말 훌륭한 책이지. 그럼 이만 나가야겠군. 한 시간 후에 돌아올게."

나는 홈즈가 권해준 책을 들고 창가에 앉았다. 하지만 작가의 깊이 있는 통찰 따위는 눈에 들어오지 않았고, 내 마음은 온통 조금 전 다녀간 모스턴 양에 대한 생각으로 가득했다. 아름다운 미소와 깊고 풍부한 목소리 그리고 그녀의 삶에 드리워진 불가사의한 사건⋯⋯. 열일곱 살에 아버지가 사라졌고, 그 후로 10년의 세월이 흘렀다고 했으니, 이제 스물일곱이다. 한창 좋을 나이. 경험이 쌓여 다소 진중해지고, 청춘의 수줍음도 떨쳐버리는 나이다. 나는 앉아서 이런저런 상상을 골똘히 하다가, 갑자기 책상으로 달려가 최근에 발표된 병리학 논문을 열심히 읽기 시작했다. 내가 위험한 생각을 하고 있다고 느꼈기 때문이다. '네 주제를 알아라! 겨우 절름발이 군의관에 모아둔 돈도 한 푼 없는 주제에 감히 그런 생각을 하다니!' 나는 속으로 되뇌었다. '그녀는 그저 하나의 단위, 하나의 요소에 지나지 않는다. 그 이상도 그 이하도 아니다.' '만일 나의 미래가 어두컴컴한 암흑이라면, 남자답게 당당히 맞서는 게 차라리 낫지! 결코 도깨비불 같은 망상으로 암흑 같은 길을 밝게 비추는 일 따위를 해서는 절대 안 돼!'

In Quest of a Solution

제3장 해결책 모색

홈즈가 돌아온 것은 5시 반이 조금 넘어서였다. 그는 밝고 열띤 표정에 생기발랄했다. 일시적으로 지독한 우울증을 겪은 후에는 늘 이렇게 의욕이 넘치곤 했다.

"이번 사건을 해결하는 데 큰 어려움은 없을 것 같아." 그는 내가 따라준 차를 마시며 말했다. "사실을 모두 종합해보면 이 사건도 어느 정도 설명이 가능하지."

"그게 무슨 소리야, 벌써 사건의 전말을 파악했단 말이야?"

"글쎄, 그렇게 말하긴 아직 이른 것 같군. 다만 아주 그럴듯한 사실을 발견했지. 세부적인 사항들은 더 찾아야겠지만."

"대체 뭘 발견한 거야?"

"지난 《타임스》를 살펴보다 찾아낸 거야. 어퍼노우드에 거주하고 있는 봄베이 34 보병 연대 출신의 숄토 소령이 1882년 4월 28일에 사망했다고 기록된 기사가 있더군."

"내가 둔한 건지 모르겠지만 전혀 감을 못 잡겠어. 그게 어쨌단 말이지?"

"정말 모르겠어? 어떻게 모를 수가 있지? 정말 놀랍군. 자, 그럼 이렇게 한번 생각해봐. 모스턴 대위가 실종되었는데 런던에 있는 유일한 친구는 숄토 소령뿐이야. 그렇다면 실종된 그날 밤 모스턴 대위가 숄토를 만나러 갔을 가능성이 크지. 숄토 소령은 모스턴 대위가 런던에 돌아왔다는 소식을 들은 적이 없다고 했지만 말이야. 그리고 4년 뒤 숄토가 죽었고, 그로부터 일주일 후 모스턴 양은 값비싼 선물을 받기 시작했어. 매년 같은 선물이 배달되었고, 오늘 드디어 모스턴 양을 피해자라고 언급한 편지가 도착한 거야. 그녀가 입은 피해는 아버지의 실종뿐이지. 또 숄토 소령이 죽은 후부터 선물이 배달된 이유가 뭐겠어? 숄토의 자식들이 그 미스터리한 사건에 관해 알게 되었고, 그래서 모스턴 양에게 어떤 보상을 해주고 싶다는 생각을 했기 때문이겠지."

"음…… 좀 이상하군." 나는 고개를 갸웃거렸다.

"그렇지 않으면 그 모든 사실을 설명할 방법이 달리 또 있을까?"

"자네 말이 틀렸다는 게 아니라, 그 보상이란 게 정말 이상하잖아. 보상의 방법도 아주 특이하고 말이야! 그리고 왜 6년이 지난 지금에야 편지를 썼지? 더구나 편지에는 그녀에게 정당한 보상을 해주겠다고 적혀 있는데, 도대체 무슨 보상을 해준다는 거지? 그리고 아무래도 모스턴 대위가 살아 있을 가능성은 희박한 것 같아. 자네도 알다시피 그녀의 삶에 부당한 일은 아버지의 죽음뿐이니까."

"만만치 않아. 확실히 만만찮은 구석이 있어." 홈즈가 생각에 잠긴 채 말했다. "하지만 오늘 밤에 모든 문제가 해결될 거야." 그때

밖에서 마차 소리가 들렸다. 창밖을 내다보던 홈즈가 말했다. "왓슨, 사륜마차가 도착했어. 모스턴 양이 마차 안에 있군. 준비 다 됐어? 시간이 좀 지났으니, 슬슬 내려가보자고."

나는 모자와 묵직한 지팡이를 집어 들었고, 홈즈는 서랍에서 리볼버를 꺼내 주머니에 넣었다. 오늘 밤 심상치 않은 일이 벌어질 것이 틀림없었다. 우리는 서둘러 내려갔다.

모스턴 양은 어두운색의 망토를 몸에 두르고 있었다. 침착한 표정이었으나 얼굴빛이 창백했다. 이 가녀린 여인은 곧 펼쳐질 모험을 앞두고 불안한 듯 보였지만 홈즈의 계속되는 질문에도 망설임 없이 차분하게 대답했다.

"숄토 소령은 아버지의 절친한 친구셨어요. 아버지가 보내주신 편지에 숄토 소령에 대한 이야기가 꽤 많았거든요. 아버지와 숄토 소령은 안다만 제도에서 같은 군대를 지휘했기 때문에 많은 시간을 함께 보낼 수 있었지요. 그런데 얼마 전 아버지의 책상에서 이해하기 힘든 수상한 종이 한 장을 보았어요. 별로 중요한 내용은 아닌 것 같지만, 혹시라도 선생님께서 보고 싶어 하실까 봐 가지고 왔습니다. 여기요." 모스턴 양이 홈즈에게 종이를 건넸다.

홈즈는 여러 번 접힌 종이를 조심스레 펼친 후 무릎 위에 놓고 종이 구김을 부드럽게 쓸어내렸다. 그런 다음 돋보기를 들이대고 더욱 찬찬히 살펴보았다.

"인도산 종이군요. 한동안 핀으로 벽에 고정했던 흔적이 있습니다. 종이에 그려진 그림은 어떤 거대한 건물의 일부를 그린 도면인 것 같은데……. 수많은 방과 여러 개의 복도, 출입구들이 있습니다. 한쪽에 붉은색으로 작은 십자가 표시가 되어 있고, 그 위에 보일 듯 말 듯 연필로 '왼쪽에서 3.37'이라고 적혀 있습니다. 왼쪽 귀퉁이에는 네 개의 십자가가 연달아 있는 것 같은 기이한 상형문자가 그려져 있군요. 그 옆에는 거칠게 갈겨쓴 글씨가……" 홈즈는 돋보기를 더욱 가까이 갖다 대고 말했다. "'네 사람의 서명—조너선 스몰, 마호메트 싱, 압둘라 칸, 도스트 아크바르'라고 쓰여 있군요."

"그게 무슨 뜻일까?" 내가 물었다.

"솔직히 무슨 의미인지 나도 모르겠어. 하지만 분명 대단히 중요한 문서임에 틀림없어. 앞뒷면이 다 깨끗한 걸 보면 지갑에 소중히 보관되어 있었던 거야." 홈즈가 답했다.

"네, 맞아요. 아버지의 지갑에서 발견한 거예요."

"그렇다면 잘 보관하세요. 언젠가 큰 도움이 될 겁니다. 그리고 사건이 생각보다 훨씬 더 복잡하고 힘들 것 같습니다. 저는 지금부터 사건과 관련된 모든 정황을 다시 검토할 작정입니다."

홈즈는 마차 의자에 몸을 기댔다. 찡그린 표정과 공허한 눈빛은 그가 골똘히 생각하고 있는 중임을 보여주었다. 모스턴 양과 나는 낮은 목소리로 이야기를 나누었다. 오늘의 탐험과 그로부터 얻을 수 있는 결과에 관한 대화였다. 그리고 극장에 도착할 때까지 나의 친구 홈즈는 범접할 수 없는 무거운 침묵을 지켰다.

9월의 저녁, 아직 7시가 채 되지 않았지만 거리에는 벌써 스산한 기운이 나돌았고, 이슬비 같은 안개가 대도시에 짙게 깔려 있었다.

진흙빛의 구름이 질척한 시내 길을 구슬프게 뒤덮었다. 스트랜드가의 가로등 불빛은 마치 진흙투성이 포장도로 위에 흩뿌려진 얼룩처럼 보였다. 상점 창문에서 노란 불빛이 흘러나와 짙은 안개 속의 번잡한 도로를 흐리게 비추었다. 희뿌연 빛 속에서 슬픈 얼굴, 행복한 얼굴, 초췌한 얼굴, 명랑한 얼굴……들의 행렬이 끝없이 이어졌다. 마치 괴기스러운 공포영화의 한 장면 같았다. 모든 사람의 숙명처럼 그들 역시 어둠에서 빛으로, 그리고 다시 어둠 속으로 사라져 갔다. 평소 나는 이렇게까지 감상적인 성격은 아니었다. 다만 정체불명의 누군가와 기이한 만남이 예정된 데다가 어두컴컴한 도시의 저녁 풍경까지 맞물려 심리적으로 몹시 예민하고 불안해진 탓에 그날 유난히 감상에 젖었던 것 같다. 모스턴 양의 표정에서도 나와 비슷한 감정을 엿볼 수 있었다. 이런 미묘한 감정의 변화를 일으키지 않은 인물은 오로지 홈즈뿐이었다. 그는 무릎 위에 수첩을 올려놓고 휴대용 손전등을 비춰가며 이따금 숫자나 글자들을 기록했다.

마침내 우리는 라이시엄 극장 앞에 도착했다. 양쪽 출입구는 이미 관객들로 북적거렸다. 거리에는 이륜마차와 사륜마차가 덜컹거리며 줄지어 도착했고 마차에서 정장을 갖춰 입은 신사들과 숄을 두르고 다이아몬드 장신구로 잔뜩 멋을 낸 숙녀들이 차례로 내렸다. 우리는 수많은 인파 사이를 통과하여 간신히 약속 장소인 세 번째 기둥으로 다가갔다. 그리고 그때, 작은 키에 갈색 피부의 민첩한 사내가 마부 복장을 하고 우리 앞에 나타났다.

"모스턴 양과 함께 오신 분들입니까?"

"네, 제가 모스턴이고, 여기 두 신사분들은 제 친구입니다." 모스턴 양이 말했다.

그는 우리를 뚫어지게 바라보며 미심쩍은 눈길을 보냈다.

"모스턴 양, 죄송합니다만, 친구 되시는 분들이 경찰이 아니라고 맹세할 수 있습니까?" 그가 의심을 풀지 않고 말했다.

"네, 맹세할게요." 그녀가 대답했다.

그는 곧 날카로운 휘파람을 불었고, 그 소리에 부랑아 한 명이 마차를 끌고 나타나 문을 열어주었다. 우리가 마차 안에 들어가 앉는 동안 그 남자는 마부석에 올라앉았다. 우리가 모두 자리에 앉자마자 마부는 힘차게 채찍을 휘둘렀고, 마차는 맹렬한 속도로 안개 낀 거리를 질주해나갔다.

사실 생각해보면 그때 우리는 묘한 상황에 처해 있었다. 이유도 모른 채, 모르는 사람의 안내를 받으며, 모르는 곳으로 향하고 있었던 것이다. 우리를 초대한 것이 누군가의 완벽한 장난일 수도 있지만 그럴 가능성은 대단히 적었고, 익명의 초대에 중대한 사안이 달려 있다고 믿을 만한 충분한 근거도 있었다. 모스턴 양은 그날 한결

같이 단호하고 침착한 태도를 유지했다. 나는 그녀를 즐겁게 해주기 위해 아프가니스탄에서 겪은 모험담을 들려주었다. 하지만 솔직히 우리가 처한 상황과 향하는 장소에 대한 궁금증으로 인해 모험담에 집중할 수 없었다. 내 이야기는 다른 기억들과 뒤섞여 뒤죽박죽이었다. 훗날 그녀는 내 이야기가 재미있었다고, 특히 한밤중에 머스켓 소총병이 내 텐트 속을 들여다볼 때, 내가 쌍총신 새끼 호랑이를 쏘았다는 일화가 매우 인상 깊었다고 말해주었다. 처음에는 마차가 어느 방향으로 향하고 있는지 대충 감을 잡고 있었지만 마차의 속도와 짙은 안개, 그리고 런던 지리를 잘 몰라서 나는 점점 방향감각을 잃어갔다. 우리가 꽤 먼 길을 가고 있다는 사실 외에는 아무것도 알 수 없었다. 그런데 홈즈는 하나도 놓치지 않았다. 그는 마차가 덜컹거리며 광장을 통과할 때나, 구불구불한 길을 지날 때나, 좁은 골목을 지날 때마다 혼자서 그곳의 이름을 나지막이 중얼거렸다.

"로체스터 스트리트, 이제 빈센트 광장. 박스홀 다리로 향하는 길에 들어섰군. 서리 방향으로 가고 있는 게 분명해. 그럴 줄 알았어. 지금 다리를 건너고 있어. 이제 곧 반짝이는 강물을 볼 수 있겠군."

아주 짧은 시간이었지만 정말 템스 강이 눈앞에 펼쳐졌다. 가로등 불빛이 넓고 고요한 강물 위를 아름답게 비추고 있었다. 마차는 다리 위를 쏜살같이 달려 순식간에 강 건너편의 복잡한 거리에 다다랐다.

"원즈워스 길, 프라이어리 길, 라크홀 레인, 스톡웰 플레이스, 로

버트 스트리트, 콜드하버 레인, 음, 아무래도 우리의 목적지가 상류층이 사는 동네는 아닌 것 같군." 우리의 홈즈가 말했다.

그리고 얼마 후 홈즈의 말대로 우리는 음침하고 불길해 보이는 마을로 들어섰다. 우중충한 벽돌집들이 길게 늘어선 거리에서 눈에 띄는 거라곤 길모퉁이의 조잡하고 화려하게 번쩍이는 술집들뿐이었다. 그곳을 지나자 앞쪽에 작은 화단을 갖춘 2층 주택이 이어졌다. 새로 지은 듯이 보이는 눈에 띄는 벽돌 건물들이 나타났다. 마치 대도시가 자연을 향해 쭉 뻗은 거대한 촉수처럼 보였다. 마차는 새로 조성된 주택단지의 세 번째 집 앞에 멈춰 섰다.

단지의 다른 집들은 거의 비어 있었다. 우리가 도착한 집도 부엌 창문에서 새어 나오는 한 줄기 불빛을 제외하면 어둡기는 다른 집들과 마찬가지였다. 우리는 문을 두드렸다. 그러자 기다리고 있었다는 듯 인도인 하인이 재빠르게 문을 열어주었다. 하인은 헐렁한 흰색 옷에 노란 띠를 두르고 노란 터번을 쓰고 있었다. 런던 교외의 삼류 주택 현관에 동양인이 서 있는 모습이 어쩐지 어색해 보였다.

"사히브(인도어로 '주인님'이라는 뜻―옮긴이)가 여러분을 기다리고 있습니다." 그의 말과 동시에 안쪽에서 높고 날카로운 목소리가 들려왔다.

"그분들을 이쪽으로 모시고 오너라, 키트무트가('하인'이나 '수행원'을 뜻하는 힌두스탄어―옮긴이)! 어서 그분들을 안으로 모셔!"

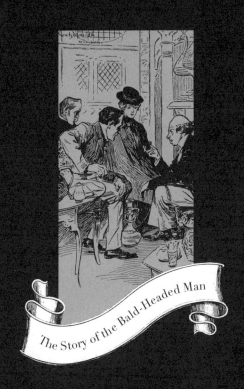

The Story of the Bald-Headed Man

제4장 대머리 남자의 이야기

우리는 인도인 하인의 안내를 받으며 지저분하고 볼품없는 복도를 따라 걸어 들어갔다. 햇빛이 잘 들어오지 않았고 가구도 제대로 배치되어 있지 않았다. 그는 오른쪽 방문을 열었다. 노란색 조명이 우리를 비추었고 조명 한가운데 키 작은 남자가 서 있었다. 오뚝 솟은 대머리 언저리에 빨강 머리가 둥글고 까칠까칠하게 나 있었다. 윗부분은 마치 전나무 숲 사이로 불쑥 솟은 산봉우리처럼 두피가 반짝였다. 남자는 서 있는 내내 손을 불안하게 비비 꼬았고 이목구비는 경련을 일으키듯 웃다가 찌푸리기를 끊임없이 반복했다. 선천적으로 축 늘어진 아랫입술 덕분에 불규칙하게 생긴 누런 이가 선명하게 드러났다. 그래서인지 남자는 입을 가리려고 계속 손을 들었다 내렸다 반복했다. 대머리임에도 불구하고 젊어 보였는데, 알고 보니 이제 갓 서른을 넘겼다고 한다.

"어서 오세요, 모스턴 양." 남자는 여전히 가늘고 높은 목소리로 말했다. "친구분들도 잘 오셨습니다. 반갑습니다. 저의 작은 궁전으로 들어오십시오. 제 취향대로 꾸며놓았죠. 런던 남부라는 황량한 사막에 피어난 예술의 오아시스라고나 할까요."

그의 안내를 받고 들어간 방에서 모두들 눈이 휘둥그레졌다. 방은 마치 구리 반지에 최상급 다이아몬드를 박아놓은 것과 같아서 초라한 집과 전혀 어울리지 않았다. 벽에는 대단히 호화롭고 반들반들한 커튼과 태피스트리가 드리워졌고, 호화로운 액자와 동양의 도자기들이 장식된 곳에도 커튼과 태피스트리가 묶여 있었다. 황금색과 검정색이 섞인 양탄자는 아주 부드럽고 두꺼워서 밟을 때마다 이끼를 밟는 것처럼 상쾌하고 안락하게 느껴졌다. 또 양탄자에 가로질러 나란히 깔린 커다란 호랑이 가죽 두 개와 구석에 놓인 큰 물담뱃대에서 동양의 호사스러운 분위기가 느껴졌다. 방 한가운데에는 비둘기 모양으로 만들어진 은제 램프가 거의 보이지 않는 금줄에 매달려 있었다. 램프에 불을 켜자 신비로운 향이 방 안을 가득 메웠다.

"저는 새디어스 숄토입니다." 작은 남자는 여전히 얼굴을 씰룩거리며 자기를 소개했다. "당신이 모스턴 양이군요. 그리고 여기 두 신사분들은……."

"네, 저는 셜록 홈즈입니다. 그리고 이쪽은 왓슨 박사입니다."

"그렇다면 혹시 의사십니까?" 그가 흥분하여 소리쳤다.

"네, 그렇습니다만."

"아! 혹시 청진기를 가지고 오셨나요? 제가 부탁 하나 해도 될까요?" 숄토는 여전히 흥분해 있었다. "제 심장의 승모판에 문제가 좀 있는 것 같아요. 대동맥 쪽은 이상이 없습니다만, 선생님께 꼭 진단을 받아보고 싶습니다."

나는 청진기를 꺼내 그의 심장박동 소리를 들었다. 별다른 이상 증상은 보이지 않았다. 다만 심리적으로 불안한 상태였기 때문에 그는 머리부터 발끝까지 심하게 떨고 있었다.

"정상입니다. 걱정 안 하셔도 됩니다."

숄토는 내 말에 안심하는 듯 보였다.

"모스턴 양, 죄송합니다. 제가 몸이 좀 아픕니다. 오랫동안 심장판막에 이상이 있을 거라 의심했는데, 괜찮다는 말을 들으니 이제야 마음이 놓이는군요. 모스턴 양의 부친께서도 심장에 무리만 주지 않았다면 지금까지 살아 계셨을 겁니다."

그는 모스턴 양에게 대단히 민감한 문제를 아무렇게나 태연히 내뱉었다. 순간 나는 너무 화가 나서 그의 얼굴을 한 대 치고 싶다는 생각이 들었고, 모스턴 양은 주저앉아버렸다. 그녀의 얼굴은 입술까지 온통 하얗게 질려 있었다.

"아버지께서 돌아가셨을 거라고…… 예상은 했습니다." 그녀가 힘겹게 말을 꺼냈다.

"모스턴 양, 당신에게 제가 아는 모든 사실을 말하겠습니다. 그리고 당신이 정당한 보상을 받을 수 있도록 돕겠습니다. 바솔로뮤 형이 뭐라 하든, 저는 당신을 돕겠습니다. 당신의 친구들이 함께 와주었다는 사실이 매우 기쁩니다. 당신을 보호해줄 뿐만 아니라, 내 말과 행동의 증인이 되어줄 테니까요. 그리고 우리 세 사람이 함께 간다면 형 앞에서도 당당한 모습을 보일 수 있을 겁니다. 하지만 경찰이나 공무원은 절대 끌어들여서는 안 됩니다. 우리 힘만으로 충분히 만족스러운 결과를 얻을 수 있습니다. 사건이 외부에 알려지면 형이 몹시 언짢아할 겁니다."

숄토는 낮고 긴 의자에 앉더니 슬픈 눈을 깜빡이며 무언가를 묻는 듯한 표정으로 우리를 바라보았다.

"걱정 마십시오, 절대 다른 사람에게 말하지 않겠습니다." 홈즈가 단언했고, 나도 동의한다는 의미로 고개를 끄덕였다.

"좋습니다, 좋습니다! 그렇다면 모스턴 양, 키안티 와인 한잔 드시겠습니까? 아니면 토카이 와인은 어떻습니까? 다른 와인은 없습니다. 한 병 딸까요? 싫어요? 아, 그럼 담배 한 대 피워도 괜찮을까요? 동양 담배인데 향이 아주 좋답니다. 실은 제가 지금 좀 불안해서요. 마음을 가라앉히는 데는 물담배가 좋거든요."

그는 큼직한 담배통에 불을 붙였고, 장미수를 통해 연기가 흥겹게 부글거리며 빨려나왔다. 반짝이는 오뚝한 머리의 키 작은 남자가 불안하게 담배 연기를 내뿜었다. 우리 세 사람은 숄토 주위에 둘러앉아 턱에 손을 괴고 상반신을 내민 채 그 모습을 지켜보았다.

"모스턴 양에게 연락을 취해야겠다고 결심했을 때, 제 주소를 먼저 알려드릴 수도 있었습니다. 하지만 혹시라도 저의 요구를 무시하고 달갑지 않은 손님을 데리고 올까 봐 불안했습니다. 그래서 실례를 무릅쓰고 하인 윌리엄스가 여러분을 먼저 뵙도록 했지요. 저는 그 친구의 판단력을 굳게 믿고 있습니다. 수상한 낌새가 보이면 거기서 일을 마무리 짓고 돌아오라는 명령도 해두었어요.

저는 조심성이 많고 내성적이고 취미도 대단히 고상하답니다.

그러고 보면, 경찰들만큼 취미가 고약한 부류도 없지요. 저는 천박한 자본주의에 빠진 사람들을 경멸합니다. 그런 사람들과는 좀처럼 만나는 일도 없습니다. 보다시피, 저는 우아한 분위기 속에서 살고 있는 예술가들의 후원자입니다. 그것이 저의 약점이기도 하지요." 숄토는 벽에 걸린 그림들을 가리키며 말을 이었다. "이 풍경화는 코로의 진품입니다. 그리고 저 그림은 살바토르 로사의 작품인데, 감정가들이 의심스럽다고 할지도 모르겠네요. 하지만 저기 저 그림은 의심할 여지없이 확실한 부그로의 작품입니다. 저는 요즘 근대 프랑스 화가에 푹 빠져 있습니다."

"숄토 씨, 말씀 중에 죄송하지만 제게 용건이 있어서 부른 것으로 알고 있습니다. 시간이 많이 늦었으니 되도록 짧게 이야기해주시면 감사하겠습니다." 모스턴 양이 말했다.

"걱정 안 하셔도 됩니다. 제 이야기는 금방 끝날 거예요. 함께 노우드로 가서 바솔로뮤 형을 만나야 하거든요. 우리가 형을 이길 수 있을지 한번 봅시다. 형은 제가 옳다고 생각하는 이 방법을 아주 못마땅해해요. 그래서 단단히 화가 나 있답니다. 어젯밤에는 형과 꽤 큰 말다툼을 벌이기도 했지요. 형이 화를 내면 얼마나 무서운지 여러분은 상상도 못할 겁니다."

"노우드로 가야 한다면, 지금 바로 출발하는 게 좋을 것 같군요." 내가 과감히 의견을 피력했다.

그런데 숄토는 귀까지 빨개질 정도로 크게 웃어댔다.

"곤란합니다. 사실 갑자기 여러분을 모두 데리고 가면 형이 뭐라고 할지 모르겠어요. 우선 가기 전에 자세한 내막을 먼저 설명드리겠습니다. 솔직히 제가 모르는 부분도 몇 가지 있습니다만 아는 것은 모두 이야기해드리겠습니다.

짐작하셨겠지만 저의 아버지는 인도 육군에 복무했던 숄토 소령입니다. 11년 전 퇴역하고 어퍼노우드에 있는 폰디체리 저택에 살고 있었지요. 아버지는 인도에서 돈을 많이 벌어 돌아오셨어요. 값비싼 골동품과 인도인 하인들도 데리고 왔습니다. 그렇게 부유해진 아버지는 커다란 주택을 구입하고 호화로운 생활을 하셨어요. 자식이라곤 쌍둥이 형 바솔로뮤와 저, 이렇게 둘뿐이었습니다. 저는 모스턴 대위의 실종 사건을 또렷이 기억하고 있습니다. 신문을 통해 상세히 읽었지요. 아버지의 친구분이셨기 때문에 아버지 앞에서 거리낌 없이 그 사건에 관한 이야기도 나누었고, 아버지도 이따금 우리의 대화에 끼어들었지요. 나는 단 한 순간도 아버지에게 엄청난 비밀이 있으리라고는 상상하지 못했습니다. 아버지가 모스턴 대위의 운명을 알고 있는 유일한 사람이라는 것을 전혀 짐작하지 못했던 겁니다.

어느 날 저는 아버지에게 뭔지 모를 불가사의한 위험이 드리워지기 시작했다는 것을 직감적으로 알 수 있었습니다. 아버지는 혼자서는 외출도 못 했고 두 명의 프로 권투 선수를 경호원으로 고용하기까지 했어요. 아, 여러분을 여기까지 모시고 온 윌리엄스도 그중 한 사람입니다. 그는 젊을 때 영국 경량급 챔피언이었어요. 아버지는 당신이 두려워하는 것이 무엇인지 결코 털어놓으려 하지 않으셨습니다. 그런데 의족을 한 남자를 유난히 혐오하셨어요.

한번은 의족을 한 남자에게 총을 쏜 일도 있었습니다. 알고 보니 그는 물건을 팔러 온 무고한 상인으로 밝혀졌지요. 우리는 그 사건을 은폐하기 위해 거액의 보상금을 건네야 했습니다. 당시에는 충동적 사건이라고 생각했지만 훗날 그 일이 결코 단순한 사건이 아니라는 것을 알게 되었지요.

1882년 초, 아버지는 인도에서 편지 한 통을 받고 큰 충격에 휩싸였습니다. 아침 식사 중이셨는데, 편지를 읽더니 거의 기절 상태에 빠지셨지요. 그날부터 아버지는 시름시름 앓다가 결국 돌아가셨어요. 형님과 저는 그 의문의 편지를 찾으려고 애썼지만 어디에도 없었습니다. 그래서 아버지가 편지를 읽을 때 힐끗 본 게 제가 아는 전부입니다. 몇 개의 단어가 아무렇게나 적혀 있었어요. 아버지는 예전부터 비장 비대증을 앓고 있었는데, 편지를 받은 후 병세가 극도로 악화되었고, 4월 말경 더 이상 가망이 없다는 선고를 받았습니다. 아버지는 마지막으로 우리와 이야기하고 싶어 하셨어요.

우리가 방 안에 들어서자, 아버지는 여러 개의 베개에 몸을 의지한 채 거친 숨을 힘겹게 몰아쉬고 있었습니다. 문을 잠그고 가까이 오라고 말씀하셨어요. 아버지는 우리의 손을 단단히 붙잡고 이야기를 시작했습니다. 육체적인 고통에 북받쳐 오르는 감정까지 더해진 아버지의 목소리는 매우 불안정하게 들렸습니다. 아버지께서 들려주신 이야기를 그대로 전하겠습니다.

'애들아, 지금 이 마지막 순간에 내 가슴을 짓누르는 것이 하나 있구나. 나는 모스턴 대위의 가엾은 딸을 보살피지 않았어. 지금 아버지를 잃고 혼자 고아로 지내고 있을 거다……. 모두 내 잘못이지. 평생 끈질기게 나를 옭아맸던 저주받은 탐욕 때문에 나는 그 불쌍한 아이의 정당한 몫조차 허락하지 않았다. 내가 가진 보물의 절반은 마땅히 그 아이의 소유거늘! 탐욕이 한 인간을 이토록 눈먼 얼간이로 만들었구나. 나는 그 많은 보물을 독차지했어. 저기, 키니네 병 옆의 진주로 장식된 금관을 봐라. 모스턴 양을 위해 저 금관을 꺼내놓았지만 탐욕 때문에 아직까지 보내지 못했지. 아들아, 너희는 나를 대신해서 그녀에게 아그라의 보물을 공정하게 나눠주어라. 하지만 절대, 내가 죽기 전까지는 저 금관을 포함해 아무것도 보내지 말아다오. 어쩌면 불치병을 극복할 수도 있으니 말이다. 인간은 이렇게 치유 불가능한 탐욕스러운 존재란다.

지금부터 모스턴 대위가 죽은 경위를 말해주마. 그는 오랫동안 심장병을 앓고 있었지. 그 사실을 알고 있던 사람은 나뿐이었어. 인도에 있을 때 우리는 온갖 역경을 함께 이겨내고 결국 막대한 양의 보물을 손에 넣게 되었다. 나는 보물을 영국으로 가지고 왔지. 그리고 모스턴이 런던에 돌아온 날 그는 곧바로 우리 집으로 찾아와 자기 몫의 보물을 달라고 요구했어. 한밤중에 기차역에서 여기까지 걸어온 그를 맞이한 사람은 지금은 죽고 없는 충직한 하인 랄 초우다였단다. 모스턴과 나는 보물을 어떻게 나눌지 이야기했지만 서로 의견 차이가 있었고, 결국 설전을 벌이게 되었어. 그러던 중 모스턴이 격정적으로 화를 내며 자리에서 일어났는데, 갑자기 옆구리를 움켜쥐더니 안색이 어둡게 변하더구나. 그는 이내 뒤로 넘어졌고,

보물 상자 모서리에 머리를 심하게 부딪쳤지. 그의 상태를 살피려고 몸을 숙였는데, 끔찍하게도 이미 숨이 끊어진 뒤였어.

나는 거의 반쯤 넋이 나간 상태로 한참 동안 움직이지 못했어. 무얼 어떻게 해야 좋을지 몰랐지. 도와줄 사람을 불러야겠다는 생각이 떠올랐지만, 모든 정황으로 보아 내가 그를 죽였다는 혐의에서 벗어날 수 없겠더구나. 심한 말다툼이 있었다는 사실과 머리에 난 깊은 상처가 나에게 불리한 증거로 작용할 게 뻔했거든. 더구나 경찰 조사를 받게 되면 내가 꼭 비밀로 지키고 싶은 보물 이야기가 밝혀질 수밖에 없었지. 그때 문득 모스턴 대위가 한 말이 떠올랐단다. 그는 자신이 여기에 온 사실을 아무도 모른다고 했어. 그런데 내가 굳이 그걸 알릴 필요는 없었지.

나는 고민했단다. 그러다 고개를 들어보니 랄 초우다가 복도에서 있더구나. 그가 급히 방 안으로 들어와 문을 잠그고 말했지. '걱정 마십시오, 사히브. 사히브께서 죽였다는 사실은 절대 비밀로 하겠습니다. 남에게 알릴 이유가 없습니다. 시체를 숨기면 아무도 모를 겁니다.' '하지만 나는 죽이지 않았어.' 내가 당황한 목소리로 대꾸했어. 그런데 초우다는 웃으며 고개를 저었지. '사히브, 제가 다 들었습니다. 두 분께서 다투시는 소리, 그리고 쿵 하고 부딪히는 소리까지 모두 들었습니다. 하지만 누구에게도 이 일을 발설하지 않겠습니다. 집 안 식구들 모두 자고 있으니 어서 저 시체를 치웁시다.' 그의 말은 나를 설득시키기에 충분했단다. 충직한 하인조차 내 결백을 믿지 못하는데 내가 어떻게 배심원석에 앉아 있는 열두 명의 멍청한 장사꾼들에게 결백을 입증할 수 있겠느냔 말이다. 랄 초우다와 나는 그날 밤 함께 모스턴의 시체를 처리했단다. 그리고 며칠 후 런던 신문에 일제히 모스턴 대위의 실종 사건이 실린 것을 보았어. 이 사건에 관한 한 너희들은 나에게 죄가 없다는 것을 알 거라 믿는다. 다만 잘못이 있다면 시체를 감추고 보물도 감추고 모스턴의 몫까지 내가 가졌다는 것이다. 그러니 애들아, 나는 너희들이 모스턴의 몫을 돌려주기 바란다. 이리 가까이 오너라. 보물이 숨겨진 장소를 말해주마. 보물은…….'

그 순간 아버지의 표정이 끔찍하게 일그러졌습니다. 아버지는 눈을 커다랗게 뜨고 입을 딱 벌리고는 고래고래 고함을 질렀습니다. 저는 그 목소리를 평생 잊지 못할 겁니다. '저리 가! 어서 저놈을 쫓아내!' 아버지의 시선이 뒤쪽 창문을 향해 있기에 형과 저는 동시에 그곳을 쳐다보았지요. 그런데 정말로 어떤 사람이 어둠 속에서 우리를 바라보고 있었습니다. 창문에 눌려 코가 하얗게 변해 있었지요. 낯선 남자는 수염이 텁수룩한 얼굴에 잔인한 눈빛과 증오에 찬 표정을 보였습니다. 저는 형과 함께 창문을 향해 서둘러 뛰어갔지만 그 남자는 벌써 사라지고 없었어요. 우리가 다시 침대로 돌아왔을 때 아버지는 이미 고개를 떨어뜨린 채 숨을 거둔 뒤였습니다.

우리는 그날 밤 정원 곳곳을 샅샅이 뒤졌지만 침입의 흔적이라곤 창문 밑 화단에 남은 발자국 하나밖에 없었습니다. 하지만 그 단하나의 흔적에서 우리는 수염투성이의 험악한 인상을 가진 사내의 얼굴을 떠올릴 수 있었습니다. 다음 날 아침, 아버지 방의 창문이

활짝 열린 채 선반과 상자들은 온통 뒤집히고 난장판이 되어 있었습니다. 그리고 아버지의 가슴 위에 찢어진 종이 한 장이 놓여 있었습니다. 종이에는 '네 사람의 서명'이라는 글귀가 휘갈겨 쓰여 있었는데, 우리는 그 말이 무엇을 뜻하는지 전혀 짐작할 수 없었습니다. 또 아무도 모르게 다녀간 방문자가 누구인지도 알 수 없었습니다. 형과 내가 판단하기로는 집 안이 온통 난장판이 되었지만 실상 도둑맞은 것은 하나도 없었어요. 우리는 자연스레 아버지가 살아 계신 동안 당신을 사로잡았던 공포의 정체와 이 별난 사건이 관련이 있다고 생각했지요. 하지만 아무리 갖은 애를 써도 여전히 풀기 어려운 수수께끼로 남아 있습니다."

말을 끝낸 숄토는 물담뱃대에 다시 불을 붙이고는 생각에 잠겼다. 그는 계속 연기를 내뿜었고, 우리는 그가 들려준 엄청난 이야기에 완전히 압도당한 채 한동안 아무 말도 못했다. 모스턴 대위 이야기에 모스턴 양의 얼굴이 백지장처럼 하얗게 질려 있어서, 나는 그녀가 기절이라도 할까 봐 노심초사하며 베네치아제 유리병에 담긴 물을 한 잔 따라주었다. 그녀는 침착하게 물을 마시고는 곧 기운을 회복했다. 홈즈는 알 수 없는 표정으로 의자에 기대앉은 채, 가늘게 뜬 두 눈을 반짝였다. 그 모습을 흘낏 보고 있으려니 오늘 오전의 일이 떠올랐다. 평범한 일상을 몹시 한탄하던 홈즈에게 자신의 총명한 두뇌를 마음껏 혹사시킬 문젯거리 하나가 확보된 셈이었다. 새디어스 숄토는 자신의 이야기가 대단히 충격적이었을 거라는 자만이 가득한 얼굴로 우리 세 사람의 표정을 번갈아 살펴보았다. 그는 담배 연기를 크게 한 번 더 내뿜더니 터무니없이 기다란 그 담뱃대를 내려놓았다. 그리고 다시 이야기하기 시작했다.

"예상하셨겠지만, 저희 형제는 아버지의 보물 유언에 굉장히 흥분했습니다. 그것을 찾으려고 몇 달씩이나 정원 구석구석을 파헤쳤지만 아무런 단서도 나오지 않았지요. 아버지가 보물이 숨겨진 장소를 말하려던 찰나에 그런 일이 생긴 걸 생각하면, 정말 환장할 노릇입니다. 죽기 전에 꺼내놓으신 금관 하나만 보더라도 숨겨진 보물이 얼마나 훌륭한 것들인지 짐작할 수 있습니다. 저희 형제는 이 금관 때문에 말다툼까지 했어요. 금관에 장식된 진주들은 얼핏 보기에도 훌륭한 값어치를 지닌 것 같았습니다. 형은 그런 보물을 다른 사람에게 주는 것에 반대했지요. 우리끼리 하는 이야기지만, 형은 아버지의 단점을 고스란히 물려받았답니다. 금관을 모스턴 양에게 보내면 그 일로 인해 세간의 관심을 받게 될 테고, 결국 우리까지 궁지에 몰릴 것이라며 걱정했어요. 저는 형을 설득했습니다. 적어도 모스턴 양이 생활고에 시달리지 않을 정도로만 도와주자고, 모스턴 양의 주소를 알아내서 정기적으로 금관에 있는 진주 장식을 하나씩만 보내자고 말이죠."

"숄토 씨는 정말 착한 분이시군요." 모스턴 양이 진심을 담아 감사를 표했다. 키 작은 남자는 두 손으로 손사래를 쳤다.

"아닙니다. 저희는 단지 아가씨의 재산을 잠시 보관하고 있을 뿐이에요. 저는 그렇게 생각합니다. 형은 저와 생각이 다르지만 말이죠. 사실 우리는 충분히 많은 재산을 소유하고 있습니다. 저는 더 이상 욕심내고 싶지 않습니다. 게다가 젊은 여성에게 그런 야비한 행동을 하는 것은 정말 고약한 짓이라고 생각합니다. '부도덕한 성향은 범죄로 이어진다'라는 프랑스 속담도 있지 않습니까. 아무튼, 저는 그 일로 형과의 갈등이 심해져 결국 집을 나와 따로 독립하여 살기로 했습니다. 그래서 늙은 하인과 윌리엄스를 데리고 폰디체리 저택에서 나왔지요. 그런데 바로 어제 놀라운 소식을 들었습니다. 형이 보물을 찾은 겁니다. 저는 즉시 모스턴 양에게 연락을 드렸습니다. 이제 남은 일은 우리가 함께 노우드로 가서 정당한 몫을 요구하는 것뿐입니다. 지난밤, 바솔로뮤 형에게 제 생각을 말해두었습니다. 형도 우리가 방문할 거라고 예상하고 있을 겁니다. 환영까지는 하지 않겠지만요."

호화로운 의자에 앉아 있던 새디어스 숄토는 말을 멈추고 경련을 일으키듯 몸을 뒤틀었다. 나는 모스턴 양의 사건이 전혀 예상치 못한 방향으로 전개되는 것에 적잖이 당황해서, 아무 말도 할 수 없었다. 제일 먼저 자리를 박차고 일어난 것은 홈즈였다.

"숄토 씨, 당신의 행동은 대단히 훌륭했습니다. 그에 대한 작은 보답으로 지금 당장 몇 가지 진실을 밝혀드릴 수도 있지만, 모스턴 양이 말했듯이 시간이 너무 늦었습니다. 이런저런 이야기를 나눌 때가 아닌 것 같습니다. 바로 출발하시죠."

우리의 새 친구는 조심스레 물담뱃대의 튜브를 감아 제자리에 놓은 후 커튼 뒤에서 깃과 소매에 아스트라한 모피가 달린 긴 외투를 꺼내 입었다. 서둘러야 할 상황에서 그는 긴 외투의 수많은 늑골 장식단추를 목까지 일일이 다 채우고는 귀덮개가 달린 토끼 가죽 모자까지 썼다. 외부에 노출된 부위라곤 끊임없이 실룩거리는 초췌하고 수척한 얼굴뿐이었다.

"저는 몸이 많이 약한 편입니다." 그는 앞장서서 복도를 나서며 말했다. "그래서 지나치게 건강을 염려하지요."

마차가 집 앞에서 우리를 기다리고 있었다. 우리가 오르자 마차는 빠른 속도로 내달렸다. 마치 모든 것이 미리 계획되었던 것처럼 보였다. 새디어스 숄토는 마차 바퀴가 내는 소리보다 더 큰 목소리로 쉴 새 없이 말했다.

"바솔로뮤 형은 아주 머리가 좋습니다. 형이 어떻게 보물을 찾아냈는지 아십니까? 형은 보물이 분명 집 안에 숨겨져 있을 거라고 최종적으로 결론을 내린 후 집 안 구석구석을 다 조사했답니다. 1센티미터라도 숨겨진 공간이 없는지 확인하기 위해서였죠. 형은 각 방의 높이를 계산하고 천장을 뚫어 그 사이 빈 공간의 높이를 재기도 했습니다. 그런데 집의 전체 높이는 22미터인데, 방 높이와 빈 공간의 높이를 모두 더해도 21미터가 채 되지 않는다는 사실을 알아냈습니다. 숨겨진 1미터의 오차를 발견한 것이지요. 지붕 밑 어딘가에 비밀 공간이 있다는 증거였습니다. 형은 맨 위층 방으로 올라가 회반죽이 칠해진 천장을 뚫기 시작했습니다. 그런데 거기에 정말로 아무도 몰랐던 숨겨진 공간이 있었습니다. 사다리를 타고 천장 위로 올라가보니, 천장 한가운데 보물 상자가 놓여 있었습니다. 두 개의 서까래가 보물 상자를 받치고 있었지요. 천장에 뚫은 구멍으로 상자를 꺼내 열어보니 그 안에는 대충 값을 매겨도 50만 파운드(오늘날의 구매력으로 3,200만 파운드 이상 또는 6,000만 달러 이상의 가치다—옮긴이)는 족히 나갈 온갖 진귀한 보석들이 가득했습니다."

어마어마한 금액에 놀란 우리 세 사람은 눈을 동그랗게 뜨고 서로를 바라보았다. 만약 그녀의 권리를 찾을 수 있다면 가난한 가정교사가 이제 영국에서 가장 부유한 상속녀가 될 것이다. 내가 그녀의 행복을 진정으로 바란다면 이 사실에 함께 기뻐해야 마땅하지만 부끄럽게도 나는 그렇게 하지 못했다. 내 안에 이기적인 마음이 가득 차올랐고, 심장은 납덩이만큼이나 무거워져 있었다. 나는 들릴 듯 말 듯 한 목소리로 억지 축하 인사를 건넨 후 풀이 죽은 채 고개를 숙이고 앉아 있었다. 이후로 시끄럽게 떠드는 숄토의 목소리는 제대로 귀에 들어오지도 않았다. 그는 나에게 끊임없이 자신의 증상을 늘어놓고 수많은 가짜 약의 성분과 작용에 대해 알려달라고 요청했다. 또 그중 몇 개의 약을 가죽 상자에 담아 주머니에 넣고 다닌다고 말했다. 나는 그가 내 대답을 기억하지 못하길 바란다. 훗날 홈즈는 내가 숄토에게 피마자기름을 두 방울 이상 복용하는 것은 대단히 위험하다고 경고한 반면, 스트리크닌을 다량 복용하면 진정 효과가 뛰어나다고 권했다고 한다. 어찌 됐든 마차가 덜커덩, 하고 멈춰 서고 마부가 뛰어내려 문을 열어주고 나서야 나는 가까스로 마음이 진정되었다.

"모스턴 양, 여기가 폰디체리 저택입니다." 새디어스 숄토가 손을 내밀며 말했다.

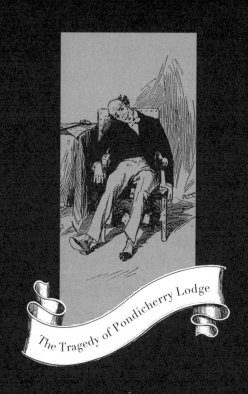

The Tragedy of Pondicherry Lodge

제5장 폰디체리 저택의 비극

우리가 야간 모험의 마지막 무대에 다다른 것은 11시가 다 되어서였다. 대도시의 짙은 안개가 걷히고 밤공기는 맑게 개어 있었다. 서쪽에서 따스한 밤바람이 불었고 사라져가는 짙은 구름 사이로 이따금 반달이 얼굴을 내밀었다. 달빛 덕에 시야는 나쁘지 않았지만 새디어스 숄토는 마차 옆에 걸려 있던 램프를 내려서 저택으로 향하는 길을 더 밝게 비춰주었다.

꽤 높은 돌담으로 둘러싸인 폰디체리 저택은 다른 집들과 떨어져 있었다. 돌담 위에는 날카로운 유리 조각들이 잔뜩 꽂혀 있고 저택의 유일한 출입구인 외짝 문에는 무쇠 빗장까지 달려 있었다. 우리를 안내하던 숄토는 우편배달부처럼 이상한 방식으로 문을 두 번 두드렸다.

"거기 누구요?" 저택 내부에서 거친 목소리가 들렸다.

"나야, 맥머도. 이제 내 노크 소리쯤은 구별할 수 있을 텐데."

안쪽에서 불평 가득한 투덜거림과 함께 빗장이 철커덕 삐걱거리며 열리는 소리가 연이어 났다. 문이 흔들거리며 뒤쪽으로 열리더니

키가 작고 가슴팍이 두터운 사내의 모습이 보였다. 사내가 들고 있는 노란 램프 불빛이 그의 툭 튀어나온 우락부락한 얼굴과 불신으로 반짝이는 두 눈을 비추었다.

"새디어스 도련님이시군요. 그런데 다른 사람들은 모두 누구십니까? 주인님께서는 방문객이 있을 거라는 말씀이 없으셨는데요." 사내가 의심스러운 눈초리로 말했다.

"그럴 리가 없어. 맥머도, 지금 나랑 장난하자는 거지! 어젯밤에 형한테 친구들을 데려온다고 말해놓았네."

"도련님, 주인님은 오늘 하루 종일 방에서 나오지 않았습니다. 물론 아무런 지시도 내리지 않았고요. 이 저택에서는 반드시 주인님의 규칙을 지켜야 한다는 사실을 누구보다 잘 아시지 않습니까. 도련님은 들어오실 수 있지만 친구분들은 여기서 기다리셔야 합니다. 다른 방법이 없습니다."

우리는 예상치 못한 난관에 부딪혔다. 새디어스 숄토는 어찌할 도리가 없는 듯 당황한 표정으로 주위를 둘러보았다.

"자네 정말 못됐어. 맥머도!" 그가 말했다. "내가 이분들의 신분을 보장하면 그걸로 충분한 거지. 게다가 연약한 숙녀분도 있다구. 어떻게 이 시간에 아가씨를 밖에 세워둘 수 있겠나?"

"새디어스 도련님, 대단히 죄송합니다만 어쩔 수 없습니다." 문지기가 냉정하게 말했다. "이분들은 도련님의 친구분들이지 주인님의 친구분들은 아닙니다. 주인님이 매달 월급을 챙겨주시는 건 제가 임무를 다하기 때문입니다. 저는 도련님의 친구분들 중 한 사람도 알지 못합니다."

"아니지. 그건 아니야, 맥머도." 셜록 홈즈가 큰 목소리로 다정하게 말했다. "4년 전 권투 시합의 밤을 기억하나. 앨리슨 하숙집에서 자네와 세 라운드를 겨뤘던 아마추어 권투 선수를 잊었을 리가 없지."

"아! 셜록 홈즈 씨!" 프로 권투 선수가 외쳤다.

"그렇군요! 제가 어떻게 이런 실수를! 차라리 제 아래턱을 힘껏 후려치지 그랬어요! 그럼 단번에 기억해냈을 텐데 말입니다! 당신은 정말 타고난 재능을 썩히고 살았군요. 권투 애호가들 모임에 가입했다면 크게 성공했을 겁니다."

"왓슨, 들었어? 나는 다른 모든 직종에서 실패를 하더라도 이렇게 비빌 언덕이 하나는 남아 있지." 홈즈는 웃으며 말했다. "이제 더이상 내 친구가 우리를 밖에 세워둘 것 같지 않군. 그렇지 않나?"

"들어오세요, 어서 들어오세요. 홈즈 씨와 그 친구분들 모두 들어오십시오." 그가 대답했다. "새디어스 도련님, 정말 죄송합니다. 아시다시피 경비 규율이 매우 엄해서 방문객의 신원이 확실하지 않으면 들일 수가 없게 돼 있습니다. 너무 언짢아하지 마세요."

외벽 안으로 들어서자 황량한 정원을 가로지르는 자갈길이 고리타분한 사각형 저택까지 이어졌다. 달빛에 비친 저택의 한쪽 모퉁이와 다락방 창문을 제외하면 집 전체가 짙은 어둠에 잠겨 있었다. 집의 거대한 크기와 그 우울함, 그리고 죽음을 암시하는 침묵이 간담을 서늘하게 만들었다. 새디어스 숄토도 불안해 보였다. 그가 들고 있던 램프가 달가닥거리며 흔들렸다.

"이해가 안 됩니다. 분명 착오가 있었을 거예요. 어젯밤 형에게 분명 저희의 방문 계획을 알렸거든요." 숄토는 그렇게 말하며 바솔로뮤 숄토 방의 창문을 올려다보았다. "불이 꺼져 있어요. 정말로 어떻게 된 건지 모르겠군요."

"형님은 항상 이렇게 경비를 삼엄하게 세우시나요?" 홈즈가 물었다.

"그렇습니다. 아버님의 습관을 그대로 따라 하는 것이지요. 아버지는 형을 대단히 아끼셨어요. 아마 보물에 대해 형에게 따로 말하셨을 수도 있습니다. 저기 보이는 저 창문이 형의 방입니다. 달빛이 비추고 있는 저 창문 말입니다. 달빛 때문에 밝아 보이지만, 제가 보기엔 내부에서 흘러나오는 빛은 전혀 없는 것 같습니다."

"거의 그렇군요." 홈즈가 대답했다. "음, 그런데 방문 옆에서 희미하게 번쩍이는 불빛이 보입니다."

"아, 그건 가정부가 지내는 방입니다. 번스톤 부인이 머물고 있지요. 나이가 좀 많습니다. 무슨 일이 일어난 것인지 그녀가 모두 말해줄 겁니다. 아, 그런데 여러분들은 여기 잠시 계세요. 형이 번스톤 부인에게도 우리가 올 것이란 사실을 말하지 않았다면 갑작스러운 방문에 무척 놀랄 테니 제가 먼저 가서…… 잠깐만, 쉿! 이게 무슨 소리죠?"

그는 램프를 높이 들어 올렸다. 그의 손은 램프 빛이 불안정하게 이리저리 흔들릴 정도로 심하게 떨리고 있었다. 모스턴 양이 나의 팔을 붙들었다. 모두의 가슴이 심하게 두근거렸고, 우리는 귀를 쫑 긋 세운 채 소리에 집중했다. 적막한 밤중에 커다란 검은 저택에서 구슬픈 울음소리가 들렸다. 겁에 질린 여인이 높은 목소리로 흐느껴 우는 소리였다.

"번스톤 부인의 목소리예요. 그녀가 이 저택에 살고 있는 유일한 여인이거든요. 잠깐만 기다려주세요. 곧 돌아오겠습니다."

그는 문을 향해 서둘러 걸어갔고 역시 기이한 방식으로 노크했다. 멀리서 우리는 키 큰 부인이 그를 맞이하는 모습을 볼 수 있었다. 그녀는 숄토를 보고 대단히 기뻐하는 것 같았다.

"오, 새디어스 도련님, 이렇게 와주시니 무척 기쁩니다! 정말 감사해요, 새디어스 도련님!"

가정부는 계속해서 기쁨의 탄성을 질렀고 문이 닫히자 그녀의 목소리가 서서히 잦아들더니 이윽고 적막한 밤공기 속으로 완전히 사라졌다.

홈즈는 숄토가 맡기고 간 램프를 들고 천천히 저택과 정원 여기저기를 살피기 시작했다. 홈즈의 눈빛이 다시 날카롭게 빛났다. 정원 곳곳에 흙더미가 높이 쌓여 있었다. 그리고 모스턴 양은 여전히 나의 손을 잡고 있었다. 믿기지 않는 미묘한 감정이 우리를 감쌌다. 나는 그날 처음 만난 낯선 여인에게서 그 놀라운, 사랑이라는 감정을 느꼈다. 단 한 번도 애정 어린 말이나 행동을 주고받지 않았지만 단 한 시간의 힘겨운 여정을 통해 서로의 손이 본능적으로 상대를 끌어당긴 것이다. 지금 생각해보면 정말 놀랍고 신기한 경험이지만 내가 그녀의 손을 잡은 것은 당시 상황에서는 무척이나 당연한 일이었다. 훗날 모스턴 양도 그렇게 말했다. 본능적으로 내게서 위안과 보호를 구하고 싶었다고 말이다. 우리는 마치 어린아이들처럼 손을 꼭 잡고 서 있었고, 칠흑같이 어두운 상황 속에서 우리의 마음은 서로에게 의지한 채 간신히 안정을 되찾을 수 있었다.

"정말 이상한 곳이에요." 주위를 두리번거리던 모스턴 양이 말했다. "여기 흙더미들 좀 보세요. 마치 영국에 있는 두더지를 모두 잡아 이곳에 풀어놓은 것 같아요. 예전에 이와 비슷한 광경을 본 적이 있어요. 오스트레일리아 밸러래트 근처였는데, 광맥을 탐사하는 사람들이 이곳저곳에 땅을 파헤쳐놓았더랬지요."

"같은 이유 때문입니다." 홈즈가 답했다. "여기 이 흙더미들도 보물을 찾으려고 파헤친 흔적입니다. 6년 동안 찾아 헤맸다고 했으니 정원이 자갈 채취장처럼 보이는 것도 당연하죠."

그때 갑자기 문이 열리더니 숄토가 겁에 질린 얼굴로 두 손을 앞으로 벌리며 뛰어나왔다.

"형에게 무슨 일이 생겼습니다!" 숄토가 울면서 큰 소리로 말했다. "무서워요! 겁이 나서 견딜 수가 없어요!"

그는 실제로 그랬다. 큰 아스트라한 옷깃에 반쯤 묻힌 나약한 얼굴이 잔뜩 겁에 질려 경련을 일으켰다. 숄토는 마치 공포에 휩싸인 채 아무것도 할 수 없는 무력한 어린아이처럼 보였다.

"어서 집으로 들어갑시다." 홈즈가 단호하게 말했다.

"네, 그렇게 해주세요!" 숄토가 애원했다. "저는 어떻게 해야 좋을지 모르겠습니다."

우리는 숄토의 뒤를 따라 통로 왼쪽에 있는 가정부의 방으로 들어갔다. 노년의 여인이 겁에 질린 표정으로 손가락을 바들거리며 방 안을 서성대고 있었다. 그녀는 모스턴 양을 보더니 그제야 조금 안심하는 듯했다.

"아가씨의 사랑스럽고 평화로운 얼굴에 신의 축복이 가득하길!" 그녀가 외쳤다. 하지만 여전히 신경질적으로 흐느껴 울고 있었다. "아가씨를 보고 있으니 이제 좀 진정되는 것 같아요! 오, 정말이지 너무 끔찍한 하루였어요."

모스턴 양은 노동으로 거칠어진 가정부의 가느다란 손을 쓰다듬으며 다정하고 여성스러운 말투로 조용히 위로해주었다. 그러자 창백하게 질렸던 가정부의 얼굴에 혈색이 돌기 시작했다.

"주인님께서 방문을 걸어 잠그고 하루 종일 방에 틀어박혀 계세요. 제가 아무리 불러도 대답이 없으십니다." 그녀가 상황을 설명해주었다. "저는 하루 종일 주인님의 대답을 기다렸어요. 주인님께서는 종종 누구의 방해도 받지 않고 혼자 지내는 것을 즐기셨거든요. 그런데 한 시간 전부터 저는 주인님께 무슨 일이 생긴 것은 아닐까 해서 무서워졌어요. 그래서 열쇠 구멍을 통해 방 안을 들여다보았지요. 그런데, 오! 새디어스 도련님! 어서 올라가보세요. 올라가서 직접 확인해보세요. 저는 10년 동안 바솔로뮤 숄토 님을 모시고 살았어요. 주인님이 기쁠 때나 슬플 때나 늘 함께했지만 한 번도 주인님의 얼굴에서 지금 같은 표정을 본 적이 없어요."

새디어스 숄토는 이에서 딱딱 소리가 날 정도로 심하게 떨고 있었다. 보다 못한 홈즈가 램프를 들고 앞장서 올라갔다. 숄토가 심하게 떠는 바람에 계단을 오르는 동안 내가 그의 겨드랑이에 팔을 끼고 부축해야 했다. 2층으로 이어지는 계단에는 양탄자 대용으로 코코넛 돗자리가 깔려 있었다. 홈즈는 날렵한 동작으로 주머니에서 돋보기를 꺼내 돗자리 위의 얼룩들을 주의 깊게 관찰했다. 내 눈에는 그저 흔한 먼지 얼룩처럼 보였다. 홈즈는 램프를 낮게 들고 천천히 한 계단 한 계단 오르며 좌우로 냉철한 시선을 던졌다. 모스턴 양은 무서워하는 가정부와 함께 아래층에 그대로 머물렀다.

2층에 올라가자 꽤 긴 직선 복도가 나왔다. 복도 왼편에는 훌륭한 인도산 태피스트리가 걸려 있었다. 홈즈는 계단에서와 마찬가지로 복도 여기저기를 세밀하게 관찰하며 천천히 앞으로 나아갔다. 숄토와 나는 홈즈의 뒤에 바짝 붙어서 이동했고, 그 뒤로 길게 누운 그림자들이 줄지어 따라왔다. 드디어 세 번째 문 앞에 도착했다. 우리가 찾던 바솔로뮤 숄토의 방문이었다. 방문을 두드려도 아무런 인기척이 들리지 않자 홈즈는 문을 열기 위해 손잡이를 힘껏 돌렸다. 하지만 문은 단단히 잠겨 있었다. 램프를 높이 들어 문틈을 비추자 안쪽에 넓고 튼튼한 빗장이 걸려 있는 게 보였다. 그런데 열쇠 구멍은 완전히 막혀 있지 않았다. 홈즈가 몸을 굽혀 열쇠 구멍으로 들여다보더니 이내 "헉!" 하는 소리와 함께 짧은 숨을 토해내며 일어났다.

"왓슨, 안에 뭔가 끔찍한 것이 있어." 홈즈는 평소와 달리 대단히 동요한 목소리로 말했다. "자네도 한번 봐."

상체를 구부려 열쇠 구멍으로 방 안을 살펴본 나는 놀라서 뒷걸음질까지 쳤다. 창문으로 달빛이 흘러 들어와 방 안을 환하게 비추고 있었는데, 새디어스와 얼굴이 똑같은 사람이 눈을 부릅뜬 채 나를 쳐다보고 있었던 것이다. 얼굴 아랫부분이 어둡게 그늘이 져 있어서, 마치 얼굴만 공중에 떠 있는 것처럼 보였다.

반짝이는 오똑한 대머리와 그 주위에 빙 둘러 난 붉은 머리카락, 핏기 하나 없는 창백한 안색까지 정말 새디어스의 얼굴과 똑같았다. 다만 섬뜩하고 부자연스러운 미소를 띠고 있는 것만 달랐다. 달빛이 비추는 적막한 방에서 그 미소는 다른 어떤 흉악한 얼굴보다 더 끔찍하게 보였다. 방 안에 떠 있는 얼굴이 새디어스와 너무 닮아서 나는 뒤를 돌아 그가 정말로 우리와 함께 있는지 확인했다. 그 순간 새디어스가 쌍둥이라고 말했던 것이 떠올랐다.

"정말 끔찍하군! 이제 어떻게 해야 하지?" 내가 말했다.

"우선 문을 부숴야 해." 홈즈가 온몸에 힘을 실어 문을 밀어젖혔다.

쿵! 문이 조금 삐걱거렸다. 하지만 여전히 열리지 않았다. 나와 숄토가 합세해 문을 향해 한 번 더 몸을 던졌다. 순간 문짝이 바닥으로 나가떨어졌고, 우리는 바솔로뮤 숄토의 방으로 들어섰다.

방 안은 마치 화학 실험실 같았다. 문의 맞은편 벽에는 유리 뚜껑을 씌운 병들이 두 줄로 세워져 있었고 탁자 위에는 분젠 버너와 시험관, 증류기들이 어지럽게 널브러져 있었다. 구석에는 산성 물질을 담은 대형 유리병들이 여러 개의 고리버들 바구니에 담겨 있었는데, 그중 하나의 유리병이 깨졌는지 검은 액체 한 줄기가 흘러 나와 있었다. 그 때문에 방 안에서는 타르처럼 코를 찌르는 악취가 진동했다. 방 한쪽에 사다리 하나가 놓여 있었고, 주위에는 벽토 부스러기와 윗가지들이 지저분하게 쌓여 있었다. 사다리가 닿은 천장을 보니 사람 하나가 드나들 수 있을 정도의 구멍이 뚫려 있었다. 사다리 아래쪽에는 둘둘 감긴 긴 밧줄이 아무렇게나 한데 버려져 있었다.

그리고 탁자 옆의 나무로 만든 안락의자에 이 저택의 주인이 흉측한 얼굴로 앉아 있었다. 고개가 왼쪽으로 꺾여 있었고, 얼굴에는 소름이 쭉 끼치는 뜻 모를 미소를 띠고 있었다. 몸이 차갑게 굳어 있는 것으로 보아 사망한 지 오래된 것이 분명했다. 그런데 뒤틀린 것은 얼굴만이 아니었다. 팔다리 모두 아주 기묘한 형태로 뒤틀려 있었다. 한 손은 탁자 위에 올려져 있었는데, 거기에 이상하게 생긴 물건이 놓여 있었다. 결이 고운 갈색 지팡이였다. 머리 부분에 굵은 끈으로 돌멩이를 조잡하게 여러 번 묶어 마치 망치처럼 보였다. 그리고 지팡이 옆에 놓인 찢어진 종이에는 어떤 글귀가 아무렇게나 휘갈겨 쓰여 있었다. 홈즈는 메모를 힐끔 보더니 나에게 건넸다.

"이것 좀 봐." 그가 의미심장한 표정으로 눈을 치켜뜨며 말했다.

나는 램프 불빛 아래서 글귀를 읽었다. "네 사람의 서명." 공포의 전율에 온몸이 부르르 떨렸다.

"맙소사, 도대체 이게 무슨 뜻이란 말이야?" 나는 떨리는 목소리로 말했다.

"살인이지." 홈즈는 시체 가까이 몸을 굽히며 대답했다. "아하! 바로 이거야, 이것 좀 봐!"

그는 손가락으로 시체의 귀 바로 위쪽을 가리켰다. 자세히 들여다보니 그곳에 길고 검은 가시 같은 게 꽂혀 있었다.

"꼭 무슨 가시 같군." 내가 말했다.

"바로 그거야, 자네가 뽑아봐. 독침일 수도 있으니 조심해."

나는 엄지손가락과 집게손가락으로 가시를 신중히 집어 올렸다. 피부에 거의 흔적이 남지 않을 정도로 쉽게 빠졌지만 가시를 뽑은 자리에 아주 소량의 피가 맺혔다.

"모든 게 다 수수께끼 같아. 사건이 해결될 기미는 보이지 않고 오히려 점점 더 미궁 속으로 빠져드는 기분이야."

"아니, 그 반대지. 매 순간 모든 게 분명해지고 있어. 이제 몇 가지 연결 고리만 찾아내면 사건을 완전히 설명할 수 있을 것 같군." 홈즈는 자신했다.

우리는 방 안에 들어선 후로 새디어스 숄토의 존재를 까맣게 잊고 있었다. 그는 아직도 얼어붙은 자세로 문간에서 있었다. 공포에 질린 숄토는 두 손을 부르쥔 채 신음을 내뱉고 있었다. 그러다가 갑자기 날카로운 목소리로 커다랗게 소리쳤다.

"보물이 사라졌어! 누가 보물을 훔쳐 갔어! 천장에 구멍이 뚫려 있지요? 그곳에서 형과 함께 보물을 내렸어요. 제가 그 일을 도왔 단 말입니다! 형을 마지막으로 본 사람이 바로 저예요. 어젯밤 제가 이곳을 떠날 때 형이 안쪽에서 방문을 잠갔어요."

"그게 정확히 몇 시였습니까?"

"10시 정각이었어요. 형이 죽었으니 곧 경찰이 들이닥치겠지요. 분명 용의자로 저를 지목할 겁니다. 저를 의심할 거예요. 그렇지 않 나요? 물론 선생님들께서는 제가 그랬다고 생각하지 않겠지요? 만 일 제가 그랬다면 선생님들을 이곳으로 데리고 왔겠습니까? 아, 이 런! 정말 미치겠군!"

숄토는 발작을 일으키듯 팔을 부들부들 떨며 발을 동동 굴러댔 다.

"숄토 씨, 당신은 형을 죽일 이유가 없습니다." 홈즈가 숄토의 어 깨에 손을 올리며 말했다. "이제부터 내 말대로 하십시오. 우선 곧 장 경찰서로 가서 신고한 후 수사에 무조건 협조하십시오. 우리는 여기서 당신이 돌아올 때까지 기다리고 있겠습니다."

키 작은 남자는 반쯤 정신이 나간 상태로 알겠다고 대답하고는 방을 나갔다. 그가 어둠 속에서 비틀거리며 계단을 내려가는 소리 가 들렸다.

Sherlock Holmes
Gives a Demonstration

제6장 셜록 홈즈의 현장 조사

"자, 왓슨." 홈즈가 두 손을 비비며 말했다. "이제 이곳에 머무를 수 있는 시간은 30분이야. 그 시간을 충분히 활용해 보자구. 좀 전에 말했듯이 나는 사건의 전말을 거의 다 파악했어. 하지만 과신한 나머지 일을 그르쳐서는 안 되지. 지금은 간단한 사건처럼 보이지만 이면에 어떤 흑막이 도사리고 있는지는 알 수 없으니 말이야."

"간단하다니!" 나는 흥분하여 외쳤다.

"물론 간단하지." 홈즈는 학생들을 가르치는 임상 교수 같은 말투로 이야기했다. "우선 사건 현장을 그대로 보존해야 하니 자넨 거기 가만히 있어. 자, 그럼 시작해보자! 먼저, 범인들은 어떤 경로로 방에 들어왔을까? 그리고 어떻게 방을 빠져나갔을까? 방문은 어젯밤부터 잠겨 있었다고 했어. 창문을 이용했을까?" 홈즈는 램프를 창문 가까이 가져다 대고 살펴보았다. 그리고 자신이 발견한 것을 큰 소리로 중계했다. 나한테 보고하는 것이 아니라 마치 스스로에게 말하는 것 같았다. "창문은 안쪽에서 걸쇠로 걸어두었어. 창틀도 튼튼하군. 경첩도 없고 말이지. 한번 열어보겠어. 음, 바깥쪽에서 타고 올라올 만한 배수관도 없고 지붕까지는 꽤 먼 거리군. 하지만 분명 범인은 창문을 통해 들어왔어. 어젯밤에 비가 내린 덕에 창틀에 진흙 발자국이 남았거든. 이쪽에는 둥근 흙 자국이 있군. 여기 바닥에도 있고, 탁자 옆에도 있어. 여기를 좀 봐, 왓슨! 아주 마음에 드는 증거를 찾았어."

나는 또렷하게 찍혀 있는 둥근 흙 자국을 보았다.

"발자국은 아니야." 내가 말했다.

"그냥 발자국보다 훨씬 더 의미 있는 단서지. 이건 의족 자국이야. 여기 창틀에 찍힌 발자국 보이지? 이건 뒤축에 커다란 금속을 댄 무거운 구두 발자국이야. 그리고 그 옆에 있는 이것은 의족 자국이고."

"의족을 한 남자가 범인이군."

"그렇다고 할 수 있지. 그런데 공범이 있어. 재주가 많고 유능한 녀석 같아. 자네, 저 벽을 타고 2층까지 올라올 수 있겠어?"

나는 창문 밖으로 고개를 내밀어 아래를 살펴보았다. 달빛이 여전히 저택의 이쪽 벽면을 밝게 비추고 있었다. 이곳까지의 높이가 18미터는 족히 돼 보였다. 그리고 내가 있는 곳에서 보았을 때는 벽쪽에 발을 디딜 만한 구멍이나 벽돌 사이의 틈이 전혀 없는 듯했다.

"벽을 타고 올라오는 건 불가능해." 나는 그렇게 대답했다.

"도움이 없으면 불가능하지. 하지만 누군가 저기 있는 두꺼운 밧줄을 내려주고 방 안에 있는 커다란 고리에 밧줄 끝을 단단히 고정

시킨다면 어떨까?" 홈즈는 둘둘 말린 채 바닥에 아무렇게나 놓여 있던 굵고 긴 밧줄을 가리켰다. "의족을 했더라도 힘이 좋은 사내라면 충분히 벽을 타고 올라올 수 있다고 생각해. 그리고 탈출할 때도 같은 방식을 사용했을 거야. 범인이 탈출한 후 공범이 내려진 밧줄을 끌어 올리고 고리에 동여맨 매듭을 풀었겠지. 그리고 창문을 내린 다음 안쪽에서 걸쇠를 걸고 처음에 들어왔던 그 통로를 이용해 빠져나갔을 거야. 그리고 또 한 가지, 사소한 문제이긴 하지만 말해 줄 게 더 있어." 홈즈는 밧줄을 가리키며 말을 이었다. "우리의 친구, 의족을 한 범인은 기어오르기엔 선수일지 몰라도 내려가는 기술은 형편없는 것 같아. 돋보기로 보니 밧줄에 핏자국이 맺혀 있어. 밧줄 끝으로 갈수록 점점 더 심하군. 아마 서둘러 내려가다가 피부가 벗겨진 것 같아."

"꽤 그럴듯한 추측이지만 문제는 더 어려워진 것 같군. 공범이라는 그 수수께끼의 친구는 어떻게 설명하려고? 그는 이 방에 어떻게 들어온 거지?"

"바로 그거야, 공범!" 홈즈는 생각에 잠겨 말했다. "공범의 겉모습이 상당히 흥미로워. 그자 때문에 이번 사건이 절대 평범할 수 없게 됐거든. 나는 그자가 이 나라의 범죄 역사에 새로운 지평을 열었다고 생각해. 물론 인도에서, 내 기억이 정확하다면 세네감비아에서 비슷한 사건이 발생했지만 말이야."

"그래 좋아, 그럼 도대체 어떻게 들어온 거야? 도대체 어떻게?" 나는 반복해서 말했다. "문은 잠겨 있고 창문은 접근하기도 힘들어.

굴뚝으로 들어온 걸까?"

"이미 그 가능성도 고려했지. 하지만 벽난로 문은 너무 작아."

"그럼 어떻게?" 나는 끈질기게 되물었다.

"자네 정말 끝까지 내가 가르쳐준 규칙을 적용하지 않을 셈이야?" 홈즈는 고개를 절레절레 흔들며 말했다. "내가 수차례 말하지 않았어. 불가능한 것을 하나씩 지워나갔을 때 마지막에 남는 것, 아무리 그럴듯하지 않더라도 그것이 바로 진실이다. 기억해? 자네도 봤잖아. 그자가 문이나 창문, 굴뚝으로 절대 들어올 수 없다는 것을 말이야. 그렇다고 지금까지 방 안에 몸을 숨기고 있지도 않아. 숨을 만한 곳이 없어. 자, 그렇다면 그가 어디로 들어왔을까?"

"천장 구멍으로 들어왔군!" 나도 모르게 크게 소리쳤다.

"바로 그거야. 분명히 그쪽으로 들어왔을 거야. 램프 좀 들어주겠어? 지금부터 천장 위쪽으로 조사 범위를 넓혀야겠어. 저곳이 바로 보물이 숨겨져 있던 비밀 장소란 말이지."

홈즈는 사다리를 타고 올라가 두 손으로 대들보를 붙들고 몸을 날려 다락방으로 올라섰다. 그는 엎드려서 아래로 손을 뻗어 내가 건네는 램프를 받아 들었다. 그런 다음 내가 다락방에 올라설 때까지 램프를 비춰주었다.

다락방은 가로 3미터, 세로 2미터 크기였다. 다락방 바닥은 들보로 받쳤고 들보 사이에는 가는 윗가지와 회반죽이 발라져 있었다. 그래서 걸을 때는 들보에서 들보로 조심해서 이동해야 했다. 다락의 위쪽 가운데가 뾰족하게 솟은 것으로 보아 다락이 지붕 내부 구조인

게 분명했다. 가구는 하나도 없었고 먼지만 수북이 쌓여 있었다.

"아하, 여기 있군." 홈즈가 다락방의 비스듬한 벽면에 손을 댄 채 말했다. "이게 바로 비밀의 문, 지붕 바깥으로 통하는 들창이야. 이걸 뒤로 밀면 경사가 완만한 지붕이 나오지. 우리의 최초 침입자가 여길 통해 들어온 거야. 범인의 또 다른 흔적이 있나 살펴볼까?"

홈즈는 램프를 바닥에 비춰보았다. 순간 나는 그날 밤 두 번째로 그의 놀란 표정을 볼 수 있었다. 홈즈의 시선이 향하는 곳을 좇던 나는 등골이 오싹해졌다. 바닥 여기저기에 발자국이 선명하게 찍혀 있었는데 그 크기가 보통 성인의 절반도 안 되는 기이한 모양이었다.

"홈즈." 나는 낮은 목소리로 말했다. "세상에, 어린아이가 이런 끔찍한 일을 저질렀다니."

홈즈는 재빨리 냉정을 되찾았다.

"나도 잠깐 충격을 받았어. 그런데 이건 아주 당연한 흔적이야. 내가 좀 더 빨리 기억해냈다면 진작 예측할 수 있는 일이었어. 이제 이곳에서 찾을 수 있는 단서는 없군. 그만 내려가자."

"그 발자국에 대한 자네 이론을 듣고 싶어." 다시 내려온 후 나는 궁금함을 참지 못하고 물었다.

"친애하는 왓슨 선생, 스스로 분석을 좀 해봐. 내가 어떤 방법으로 추리해내는지 알고 있으니 그걸 적용해보라구. 나중에 결과를 보고 자네가 추리한 것과 비교하면 좋은 공부가 될 거야." 홈즈는 서둘러 말했다.

"하지만 나는 전혀 모르겠어. 이 상황을 설명할 만한 것이 하나도 떠오르지 않아." 내가 말했다.

"곧 알게 될 거야." 홈즈가 건성으로 말했다. "내가 보기에 이곳엔 중요한 단서가 될 만한 게 더 이상 없는 것 같아. 그래도 일단 한번 더 살펴봐야겠어."

그는 재빠른 동작으로 돋보기와 줄자를 꺼내고는 무릎을 꿇고 방 안 곳곳을 조사했다. 길고 날카로운 콧날을 바닥에 바짝 대기도 하고, 새처럼 우묵한 두 눈을 냉철하게 번득이며 구석구석 기어다녔다. 그의 움직임은 대단히 날렵하고 조용했다. 마치 잘 훈련된 사냥개가 냄새를 쫓는 것 같았다. 그 모습을 보는 순간 만일 그가 법을 옹호하지 않고 법에 맞서는 범죄자의 길을 걸었다면, 넘치는 에너지와 훌륭한 지능을 활용해 얼마나 끔찍한 일을 저질렀을까 하는 생각이 들어 소름이 끼쳤다.

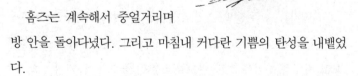

홈즈는 계속해서 중얼거리며 방 안을 돌아다녔다. 그리고 마침내 커다란 기쁨의 탄성을 내뱉었다.

"아! 우린 정말 운이 좋아. 이제 사건이 거의 다 해결됐군. 녀석들에게는 안된 일이지만 작은 발을 가진 최초의 침입자가 크레오소트(목타르에서 나온 증류액―옮긴이)를 밟았어. 여기 작은 발자국 보이지, 바로 여기 말이야. 지독한 냄새가 나는 약물에 그의 발자국이 찍혀 있어. 큰 유리병이 깨져서 액체가 새어 나온 것이 틀림없어."

"그럼 이제 어떻게 하지?" 내가 물었다.

"몰라서 묻는 거야? 우리는 놈을 잡은 거나 다름없어." 그가 대답했다.

"이 정도 냄새라면 지구 끝까지도 쫓아갈 비범한 개를 알고 있거든. 특수 훈련까지 받은 개가 이렇게 지독한 냄새를 쫓아 어딘들 못 가겠어? 결과는 비례법 계산만큼이나 빤하지. 그렇다면 이제……" 홈즈는 아래층에서 나는 발소리와 시끄럽게 떠드는 소리, 현관문이 쾅 하고 닫히는 소리에 잠깐 말을 멈추었다. "아! 드디어 법의 대리인들께서 납셨군. 저들이 들어오기 전에, 자네 여기 이 불쌍한 시체의 팔을 한번 만져보지그래. 다리도 한번 만져보고. 어떤 거 같아?"

"근육이 나무판자처럼 딱딱하게 굳어 있어." 내가 대답했다.

"바로 그거야. 근육이 모두 극도로 수축된 상태야. 일반적인 사후경직보다 훨씬 더 심해. 뒤틀린 안면 근육은 어때, 옛 작가들이 이름 붙인 '히포크라테스 같은 미소'나 '발작적인 웃음'을 보면 뭐가 떠오르지?"

"강력한 식물성 알칼로이드로 인한 중독사. 스트리크닌 같은 물질이 근육의 심한 강직을 일으키는 원인이야."

"나는 저 일그러진 얼굴을 처음 본 순간 그렇게 생각했어. 그래서 방에 들어오자마자 어떻게 숄토의 몸에 독이 퍼지게 된 건지, 그 경로를 찾았지. 그리고 자네도 봤듯이, 머리에 꽂힌 가시를 발견했어. 가시를 쏘거나 박는 데는 큰 힘이 가해지지는 않았어. 자, 죽은 숄토가 의자에 똑바로 앉아 있었다고 가정해보면, 가시가 날아온 곳은 저기 저 뚫린 천장이야. 그럼 이제 가시를 한번 살펴보겠어." 홈즈가 설명했다.

나는 램프 조명 아래로 가시를 조심스럽게 들어 올렸다. 검고 기다랗고 아주 날카로웠다. 바늘 끝에 번들거리는 무언가가 보였다. 마치 끈적이는 물질이 말라붙어 있는 것 같았다. 뭉툭한 반대쪽은 칼로 둥글게 깎여 있었다.

"영국산이야?" 홈즈가 물었다.

"아니, 그건 절대 아니야."

"이 정도 단서만 있으면 자네도 어느 정도는 추리해낼 수 있겠지. 아, 저기 정규군이 오는군. 이제 그만 예비군은 철수해도 좋겠어."

복도에서 큰 소리가 점점 가까이 들리더니 풍채가 큰 남자가 회색 양복을 입고 위엄 있는 자세로 방 안으로 들어왔다. 붉은 얼굴에 뚱뚱하고 건장한 남자였다. 반짝이는 작은 두 눈은 살에 파묻혀 날카롭게 보였다. 그의 뒤로 경찰복을 입은 경위 한 명이 따라 들어왔다. 그리고 새디어스 숄토의 모습도 보였다. 그는 아직도 몸을 부들부들 떨고 있었다.

"한 건 터졌군!" 사내는 목이 쉰 듯 거친 목소리로 말했다. "고약하게 한 건 터졌어! 그런데 이건 다 뭔가? 왜 방 안이 토끼 굴처럼 북적거리지?"

"애셜니 존스 씨, 저를 기억하실 텐데요." 홈즈가 낮은 목소리로 말했다.

"왜 아니겠소, 물론 기억하지요!" 그가 숨을 헐떡이며 말했다. "이론가, 셜록 홈즈 선생 아니오. 선생을 기억하고말고요! 비숍게이트 보석 사건 때 우리 형사들에게 원인과 추리 그리고 결과에 대해 일장 연설을 해주셨는데 내가 어떻게 잊을 수 있겠습니까. 선생 덕분에 우리가 제대로 방향을 잡고 사건을 해결할 수 있었던 건 사실이지요. 하지만 이제 선생도 인정할 때가 되지 않았나요? 선생의 연설이 좋았던 게 아니라, 운이 좋았다는 걸 말입니다."

"저는 아주 간단한 추리를 했을 뿐입니다."

"왜 이러십니까. 솔직하게 인정하는 건 절대 부끄러운 일이 아닙니다. 그나저나, 이게 다 뭐죠? 고약한 사건이군요! 아주 고약해요!" 애셜니 존스 형사는 방 안을 한번 둘러보고는 말했다. "미안하지만 이번에는 선생의 이론이 끼어들 자리가 없을 것 같군요. 확실한 단서가 여기 다 있으니 말입니다. 아무튼 내가 다른 볼일로 노우드 관할 지역 경찰서에 들른 찰나에 이 사건을 보고받았으니 천만다행이군요! 그런데 홈즈 선생, 선생은 저 남자의 사인이 뭐라고 생각하십니까?"

"제가 이론을 내세울 사건이 아닌 것 같습니다만." 홈즈가 차갑게 대답했다.

"아닙니다, 아니죠. 아무리 그래도 선생께서 이따금 정곡을 찌르는 말을 할 때가 있다는 사실은 부인할 수 없지요. 이런! 내가 들은 바로는 방문이 잠겨 있었고 50만 파운드 값어치의 보석이 사라졌습니다. 그런데 창문 쪽은 어떤가요?"

"단단히 잠겨 있었고 창틀에는 발자국이 나 있었지요."

"음…… 창문이 잠겨 있었다면 발자국은 이번 사건과는 전혀 관련이 없군요. 그건 상식 아닙니까? 발작사 했을 가능성도 있습니다. 그런데 보석이 사라졌으니…… 아하! 이론이 하나 떠오르는군요. 가끔은 나도 번뜩이는 영감이 떠오르곤 합니다. 여보게, 경사 그리고 숄토 씨는 잠깐 밖에 나가 계세요. 홈즈 선생의 친구분은 남아도 좋습니다. 홈즈 선생, 내가 생각하기엔 말이오, 숄토가 자기 입으로 자백했듯이 그자는 어젯밤 형과 함께 있었습니다. 그리고 숄토가 보물을 가지고 나가자 형이 화가 나서 발작을 일으켜 결국 죽게 된 거지요. 어떻습니까, 홈즈 선생?"

"그렇다면 죽은 사람이 일어나서 안에서 문을 잠갔다는 말이 되는군요."

"아차! 그런 문제가 있었네요. 그렇다면 사건을 상식적으로 다시 생각해봅시다. 새디어스 숄토는 어젯밤 형과 함께 있었고, 둘 사이에 다툼이 있었죠. 여기까지는 모두 아는 내용입니다. 또한 형은 죽었고 보석은 사라졌어요. 물론 이것도 다 알고 있는 내용입니다. 그런데 새디어스가 마지막으로 방문한 그 이후로 어느 누구도 바솔로뮤를 보지 못했습니다. 침대에서 잠을 잔 흔적도 없고 말이죠. 또한 가지 분명한 사실은 새디어스가 지금 몹시 불안정한 상태라는 겁니다. 더구나 그의 생김새는, 우리끼리 얘기지만 별로 좋은 인상은 아니지 않습니까. 그래서 나는 새디어스를 용의자로 생각하고 그의 주위에 그물망을 치는 중입니다. 머지않아 내 수사의 그물망이 그자를 압박하게 될 겁니다."

"당신은 사건의 진실을 제대로 파악하지 못한 것 같군요. 자, 여기 이 가시를 보세요. 죽은 사람의 머리에서 나온 겁니다. 이것이 꽂힌 흔적이 아직 남아 있으니 확인해보셔도 좋습니다. 조심하십시오, 가시에 독이 묻어 있습니다. 그리고 탁자 위에 놓인 이 쪽지와 거기 새겨진 글귀도 확인해보십시오. 쪽지 옆에 돌멩이가 달린 지팡이도 보이시죠? 당신의 말이 사실이라면 이 모든 증거를 어떻게 설명할 겁니까?"

"빤한 수작입니다." 뚱보 형사가 거만하게 말했다. "내가 관찰한 바로는 이 집에 인도의 진귀한 물건들이 가득합니다. 새디어스가 그중 하나를 사용한 것이지요. 그리고 가시에 독이 묻어 있었다면, 새디어스가 살인을 저지르기 위해 사용한 것이 틀림없군요. 쪽지는 분명 사건을 복잡하게 만들기 위한 새디어스의 간교한 속임수였을 겁니다. 하지만 단 한 가지, 풀리지 않는 의혹이 있습니다. 그가 과연 어떻게 이곳을 빠져나갔느냐 하는 것이지요. 아하! 여기 천장에 구멍이 뚫려 있군요!"

형사는 몸집에 비해 상당히 날렵한 동작을 취하여 사다리를 타고 올라가 다락방으로 들어가는 데 성공했다. 그리고 얼마 지나지 않아 그의 탄성이 들렸다. 들창을 발견한 모양이었다.

"저 사람도 뭔가를 찾아낼 수 있군. 그래, 가끔은 그의 이성도 빛을 발할 때가 있어야겠지. 뭔가 조금 아는 바보만큼 까다로운 골칫거리는 없다!" 홈즈는 어깨를 으쓱하며 말했다.

"어떻습니까!" 애셜니 존스 형사가 사다리를 타고 내려오며 말했다. "결국 이론보다 사실이 더 중요하단 말입니다. 이번 사건에 대한 내 결론은 확고합니다. 저 위쪽에 지붕으로 연결되는 들창이 있습니다. 그리고 지금 반쯤 열린 상태입니다." 형사가 확신에 찬 목소리로 말했다.

"그걸 열어둔 것은 바로 접니다."

"아, 그렇습니까! 흠, 그렇다면 선생도 눈치채셨겠지요?" 그는 들창을 처음 발견한 것이 자신이 아니라는 데 약간 실망한 듯 보였다. "들창을 먼저 발견한 사람이 누구든 간에, 그것은 범인이 어떻게 이 방을 빠져나갔는지 확실히 보여주는 증거입니다. 여보게, 경위!"

"네!" 복도에서 대답이 들려왔다.

"숄토 씨를 들여보내게."

"숄토 씨, 지금부터 당신이 하는 말은 법정에서 불리하게 작용할 수 있음을 알려드립니다. 여왕의 이름으로, 당신을 바솔로뮤 숄토 살해 사건 용의자로 체포합니다." 형사가 말했다.

"제가 뭐라고 했습니까! 이렇게 될 거라고 했잖습니까!" 가엾은 숄토는 두 팔을 벌린 채 나와 홈즈를 번갈아 쳐다보며 억울한 듯 외쳤다.

"아무 걱정 마십시오, 제가 혐의를 벗겨드리겠습니다." 홈즈가 단호히 말했다.

"이론가 양반, 너무 장담하는 것 아닙니까? 그런 약속은 안 하는 게 좋을 텐데요!" 형사가 홈즈의 말을 가로막으며 쏘아붙였다. "곧 깨닫겠지만, 선생이 생각하는 것보다 더 힘든 일이 될 거요."

"저는 숄토 씨의 혐의를 반드시 벗겨줄 겁니다. 그리고 존스 씨, 어젯밤 이 방에 들어온 두 범인 중 한 사람의 인상착의와 이름을 무료로 가르쳐드리죠. 정확한 근거로 말하는 것이니 잘 들어두십시오. 범인의 이름은 조너선 스몰, 교육 수준이 형편없고 키가 작은 데다 오른쪽 다리가 없어서 의족을 하고 있습니다. 나무 의족의 안쪽이 닳았죠. 그런 신체적 결함에도 불구하고 행동은 대단히 날렵합니다. 왼발에 신은 구두의 앞코는 각이 져 있고 구두 뒤축에는 징이 박혀 있습니다. 중년 남자이고, 검게 그을린 피부에 한때 감옥에서 지낸 적도 있습니다. 이 몇 가지 정보들이 이번 사건을 해결하는

데 약간의 도움이 될 수 있을 겁니다. 덧붙이자면, 저쪽에 범인의 손바닥 살갗이 좀 남아 있습니다. 그리고 공범은……."

"아니! 공범까지?" 애셜니 존스 형사는 비꼬는 투로 말했지만 범인에 대한 홈즈의 정확하고 상세한 묘사에 놀란 것처럼 보였다.

"녀석은 상당히 특이한 인물입니다. 우선은 여기까지만. 조만간 두 명의 범인을 모두 소개해드릴 수 있을 겁니다." 홈즈는 내 쪽으로 돌아서며 말했다. "왓슨, 자네와 할 말이 있어."

그는 나를 데리고 층계참으로 나갔다.

"예상치 못한 일이 발생하는 바람에 우리가 이곳까지 온 진짜 목적을 잠시 잊고 있었어." 그가 말했다.

"나도 방금 같은 생각을 했어. 모스턴 양을 계속 이곳에 머무르게 둘 수는 없지." 내가 대답했다.

"자네 말이 맞아. 그녀를 집까지 데려다 줘. 로어캠버웰에 있는 세실 포리스터 부인 댁으로 가면 될 거야. 여기서 그리 멀지 않은 곳이야. 자네가 돌아올 때까지 나는 이곳에서 기다릴게. 그런데 혹시 피곤하지는 않아?"

"전혀. 나도 이 수수께끼 같은 사건의 전말을 정확히 파악하기 전까지는 쉬고 싶은 생각이 없어. 지금까지 살면서 이런저런 우여곡절을 많이 겪었지만 하룻밤 사이에 이토록 기이한 일들이 연달아 일어난 적은 없었어. 신경이 바짝 곤두서 있긴 해도 기왕 여기까지 왔으니 자네와 함께 사건을 끝까지 파헤치고 싶어."

"고마워. 자네가 함께해준다면 내게도 큰 도움이 될 거야." 홈즈가 대답했다. "왓슨, 이제부터 우리는 이 사건을 독자적으로 수사할 거야. 존스 형사가 말도 안 되는 추리로 기뻐하든 말든 내버려두자고. 자네는 모스턴 양을 데려다 주고, 램버스 근처에 있는 핀친 레인 3번지로 가. 오른쪽에서 세 번째 집이야. 셔먼 영감이 박제한 새를 파는 가게인데, 창문에 토끼를 물고 있는 족제비 박제가 보일 거야. 가게 문을 두드려 셔먼 영감을 깨우고 내 안부를 전해줘. 그리고 지금 당장 토비가 필요하다고 말하면 영감이 녀석을 내줄 거야. 자네는 토비를 데리고 마차를 타고 다시 이곳으로 돌아오면 돼."

"토비가 개인가 보군."

"맞아, 대단히 뛰어난 후각을 지닌 특이한 잡종 개지. 런던 시내의 모든 수사 병력을 동원하는 것보다 토비 한 마리의 힘을 빌리는 편이 훨씬 효과적이라고 할 수 있어."

"그렇다면 녀석을 반드시 데리고 와야겠군. 지금이 1시니까 새 말로 바꿀 수 있다면 3시 전에는 돌아올 거야."

"자네가 올 때까지 나는 번스톤 부인에게서 도움이 될 만한 정보가 더 없는지 알아볼 거야. 그리고 숄토가 말해준, 옆방에서 지낸다는 그 인도 하인에 대해서도 좀 더 조사해봐야 할 것 같아. 시간이 남으면 존스 형사가 어떻게 수사하는지도 한번 살펴봐야겠어. 별로 날카롭지 않은 독설도 들어주고 말이야. 괴테 선생의 금언이 떠오르는군. '인간은 언제나 자신이 이해하지 못하는 것을 경멸하는 습관이 있다.' 역시, 괴테는 항상 명쾌한 말만 한단 말이지."

The Episode of the Barrel

제7장 통에 얽힌 일화

나는 모스턴 양과 함께 경찰들이 타고 온 마차에
올랐다. 천사 같은 이 여성은 자신보다 약한 사람과 함께 있을 때는
어떤 어려운 상황에서도 차분한 태도로 다른 사람을 먼저 보살펴주
었다. 번스톤 부인 옆에 있던 그녀는 침착하고 밝아 보였지만 마차에
탄 후 안색이 창백하게 변하더니 이윽고 격렬하게 흐느껴 울기 시작
했다. 하룻밤 사이에 벌어진 끔찍한 일을 침착하게 견뎌내느라 몹시
힘들었을 것이다. 훗날 그녀는 마차 안에서 내가 대단히 냉정한 태도
를 보였다고 그날의 일을 회상했다. 그녀는 결코 짐작조차 하지 못할
것이다. 그녀를 향해 커져가는 마음을 억제하느라 내가 얼마나 애썼
는지를. 그녀에 대한 연민과 사랑은 정원에서 손을 꼭 잡고 있었을
때와 마찬가지로 변함이 없었다. 나는 하룻밤 사이에 일어난 기묘한
사건을 통해 용감하고 사랑스러운 그녀의 성품을 확인할 수 있었다.
우리가 아무리 오랜 시간 함께 지냈다 해도 이 사건이 없었다면 그녀
가 얼마나 아름다운 여성인지 몰랐을 것이다. 마차 안에서 그녀를 향
한 마음을 표현하지 못했던 이유는 두 가지였다. 그녀는 연약한 데다

의지할 곳 없는 상황에 처해 있었으며, 정신적으로도 불안한 상태였다. 그런 시기에 사랑을 강요하는 것은 그녀에게 아무 도움이 되지 않는 일이었다. 게다가 그녀는 부자였다. 아니, 홈즈가 수사를 성공적으로 끝내기만 한다면, 그녀는 곧 부유한 상속녀가 될 터였다. 그런데 월급의 절반밖에 받지 못하는 퇴역 군의관이 우연히 찾아온 친밀한 기회를 그런 식으로 이용하는 것이 과연 정당하고 명예로운 일일까? 그녀가 나를 자신의 재산이나 탐내는 건달쯤으로 생각하지는 않을까? 상상만 해도 정말 끔찍한 기분이 들었다. 아그라의 보물은 우리 사이에 가로놓인 높은 장벽 같았다.

마차는 새벽 2시가 다 되어 세실 포리스터 부인의 집에 도착했다. 하인들은 이미 몇 시간 전에 모두 일을 마치고 돌아갔지만, 포리스터 부인은 모스턴 양이 받은 의문의 편지에 흥미를 느껴 잠도 안 자고 모스턴 양이 돌아오기를 기다리고 있었다. 문을 두드리자 포리스터 부인이 직접 나왔다. 중년의 품위 있는 여성이 모스턴 양의 허리에 손을 두르고는 어머니처럼 따뜻하게 그녀를 맞이했다. 그런 부인의 모습을 보고 나니 내 마음도 편안해졌다. 모스턴 양은 이 집에서 단순히 돈을 받고 일하는 가정교사가 아닌, 포리스터 부인의 소중한 친구처럼 보였다. 나를 소개받은 부인은 집 안으로 함께 들어와 모험담을 들려달라고 말했다. 나는 중요한 일이 남아 있어 급히 가봐야 한다며 그녀의 제안을 거절했다. 그리고 일이 해결되는 대로 이곳에 들러서 사건의 전말을 이야기해주겠다고 부인에게 말해 양해를 구한 뒤, 다시 마차를 타고 그곳을 빠져나왔다. 뒤를 돌아보니, 현관문 앞에서 두 여인이 여전히 서로의 손을 꼭 쥔 채 서 있었다. 반쯤 열린 문틈 사이로 스테인드글라스를 통해 새어 나오는 거실 불빛과 밝은색의 양탄자 누르개, 커다란 기압계가 보였다. 모두를 집어삼킨 험난한 사건의 한가운데서 영국의 평범한 가정집 모습을 잠시 보는 것만으로도 나에게는 큰 위로가 되었다.

마차 안에서 나는 지금까지 일어난 일들을 떠올렸다. 생각할수록 사건은 점점 더 무시무시하고 어둡게 느껴졌다. 마차는 가스등이 켜진 적막한 거리를 덜컹거리며 지나갔다. 나는 일련의 기이한 사건들을 되짚어보았다. 처음 발단이 되었던 의혹은 이제 어느 정도 분명해졌다. 모스턴 대위의 죽음과 의문의 진주들, 광고, 편지 등은 모두 명백히 밝혀졌다. 하지만 그것은 다시 훨씬 더 비극적이고 복잡한 사건으로 이어졌다. 인도의 보물, 모스턴 대위의 지갑에서 발견된 이상한 지도, 숄토 소령의 사망 당일 일어난 기이한 사건, 다시 발견된 보물과 그것을 찾아낸 사람의 죽음, 매우 특이한 사건 현장, 남겨진 발자국, 기묘한 무기, 모스턴 대위의 지도에 적혀 있던 글귀가 남겨진 종이까지, 이렇게 복잡한 사건을 홈즈보다 재능이 부족한 사람이 맡았다면 아무 단서도 찾지 못하고 포기했을 게 분명하다.

램버스 지역 아래쪽에 위치한 핀친 레인에는 지저분한 2층 벽돌 집들이 일렬로 늘어서 있었다. 나는 홈즈가 말해준 세 번째 집을 찾아서 문을 두드렸다. 몇 번 더 두드린 후에야 안쪽에서 인기척이 들렸다. 커튼 뒤로 한 줄기 촛불 빛이 보이더니 2층 창문에서 누군가 얼굴을 내밀었다.

"저리 가지 못해, 이 술주정뱅이 건달 놈아! 한 번만 더 소란을 피우면 마흔세 마리 개들을 모조리 풀어놓을 테다!"

"저는 딱 한 마리만 풀어주시면 됩니다! 그걸 부탁드리려고 찾아왔습니다만." 내가 말했다.

"꺼져!" 위층에서 다시 소리쳤다. "제길, 지금 당장 꺼지지 않으면 이 가방에서 걸레 자루를 꺼내 네놈 머리 위로 던져버리겠어!"

"저는 반드시 개를 가져가야 합니다!" 내가 대꾸했다.

"더 이상 말씨름할 필요가 없겠군!" 셔먼 영감이 외쳤다. "거기 똑바로 서 있어, 내가 '셋' 하는 순간 걸레가 네놈 머리 위로 떨어질 테니."

나는 급한 마음에 "셜록 홈즈 씨가!"라고 큰 소리로 외쳤다. 그런데 그 이름 하나가 마법처럼 상황을 순식간에 바꾸어놓았다. 위층 창문이 갑자기 닫히더니 눈 깜짝할 새에 아래층 가게 문이 열리고 셔먼 씨가 모습을 드러냈다. 그는 깡마른 노인이었다. 푸른빛이 도는 안경을 쓰고 있었는데 어깨와 허리가 모두 굽었고 목에는 힘줄이 잔뜩 서 있었다.

"셜록 홈즈 선생의 친구라면 언제든 환영입니다." 그가 180도 달라진 태도로 말했다. "안으로 들어오시지요. 아, 거기 그 오소리를 조심하세요. 잘못하면 물릴 수도 있습니다." 그때 갑자기 오소리가 철창 사이로 심술궂은 머리를 내밀고 빨간 눈으로 달려들었다. "이런, 나쁜 녀석! 이 신사분을 물어뜯고 싶은 게냐?" 노인은 오소리에

다 대고 소리치고는 바닥에 기어 다니는 것들을 보며 덧붙여 말했다. "도마뱀입니다. 독이 없어서 풀어놓았으니 걱정 안 하셔도 됩니다. 녀석이 온 방을 돌아다니며 벌레를 잡아먹습니다. 아참, 아까는 미안했습니다. 홈즈 선생의 친구분인지 모르고 내가 좀 고약하게 굴었지요. 사실 어린아이들이 나를 놀리려고 하루에도 수십 번씩 가게 문을 두드려대거든요. 그래서 그랬습니다. 그나저나, 셜록 홈즈 선생이 필요하다는 게 뭐였지요?"

"네, 셔먼 씨의 개 한 마리를 데려오라고 했습니다."

"아하! 분명 토비겠구먼!"

"맞아요, 이름이 토비라고 했습니다."

"토비는 저기 7번 우리에 살고 있습니다."

어느새 노인 주위로 별난 동물들이 잔뜩 모여 있었다. 그가 촛불을 들고 동물 가족들 사이를 천천히 걸어 나가자 정체를 알 수 없는 희미한 빛들이 여기저기서 흘러나오기 시작했다. 수많은 동물들이 번뜩이는 눈으로 우리를 내다보고 있었던 것이다. 심지어 머리 위 들보에는 한 무리의 새가 근엄하게 줄지어 앉아 있었는데, 우리가 떠드는 소리에 잠에서 깬 모양인지, 귀찮다는 듯 한쪽 다리에서 다른 쪽 다리로 천천히 무게중심을 옮겼다.

토비는 못생긴 얼굴에 털이 길고 귀가 늘어진 개였다. 스패니얼과 러처의 피를 반반씩 물려받은 잡종으로 갈색 털과 흰색 털이 반씩 섞여 있었고, 보기 흉할 정도로 뒤뚱거리며 걸었다. 노인은 토비에게 주라며 각설탕 하나를 내게 건넸다. 토비는 잠깐 머뭇거리더니 내가 내민 각설탕을 받아먹었다. 이로써 우리 사이에 동맹 관계가 성립되었고 녀석은 별 어려움 없이 나를 따라 마차에 올랐다. 폰디체리 저택에 돌아왔을 때 궁전의 시계가 정확히 새벽 3시를 가리켰다. 프로 권투 선수 출신 맥머도는 숄토 씨와 함께 이미 경찰서로 연행된 후였다. 저택의 유일한 출입구인 좁은 문은 맥머도 대신 두 명의 경관이 지키고 있었다. 내가 사립탐정 홈즈의 이름을 말하자 그들은 나와 토비를 순순히 들여보내주었다.

홈즈는 현관 계단 앞에서 주머니에 손을 넣은 채 파이프 담배를 피우고 있었다.

"아, 왓슨! 자네가 녀석을 데리고 왔군!" 홈즈가 반갑게 소리쳤다. "그래. 착하지!" 홈즈는 토비를 쓰다듬으며 그사이 있었던 일을 내게 말했다. "애셜니 존스 형사는 떠났어. 자네가 출발한 후에 말도 안 되는 일이 벌어졌지. 그가 제멋대로 공권력을 사용해 숄토 씨뿐만 아니라 문지기, 가정부, 인도인 하인까지 모조리 다 체포해 갔어. 위층의 경사 한 명을 제외하면 이 집에 머무는 사람은 우리 둘뿐이야. 토비는 여기 두고 같이 올라가보자."

우리는 거실 탁자에 토비를 묶어두고 다시 2층으로 올라갔다. 시체 위에 하얀 천이 덮여 있는 것을 빼면 방은 내가 떠나기 전 그대로였고, 많이 지쳐 보이는 경사가 구석에서 몸을 기댄 채 쉬고 있었다.

"경사, 램프 좀 빌립시다." 홈즈가 말했다. "왓슨, 램프를 끈으로 묶어 내 목에 매달아줘. 앞을 비출 수 있게 말이야." 나는 홈즈의 말대로 그의 목에 램프를 달아주었다. "고마워. 이제 신발과 양말을 벗어야겠군. 왓슨, 이것들은 자네가 좀 챙겨줘. 나는 지붕 위에 올라갈 생각이야. 그리고 이 손수건에 크레오소트 액을 좀 묻혀줘. 그래, 그 정도면 충분해. 고마워. 그럼 이제 자네도 같이 다락으로 올라갔으면 해."

우리는 천장에 난 구멍으로 올라갔다. 홈즈는 먼지에 찍혀 있는 발자국 쪽으로 한 번 더 램프를 비추었다.

"왓슨, 여기 이 발자국을 특히 잘 봐봐. 뭐 짚이는 거 없어?"

"내가 보기엔, 어린아이나 왜소한 여자의 발자국 같아."

"발자국 크기 말고 다른 특이 사항은 없어?"

"없어, 여느 발자국과 거의 비슷해."

"그렇지 않아. 여길 봐! 오른쪽 발자국이 먼지에 찍힌 자국이야. 자, 이제 내가 이 옆에 맨발로 발자국을 찍어볼게. 차이를 알겠어?"

"그러고 보니, 자네 발자국의 발가락은 거의 모아져 있는데 이건 유난히 많이 벌어져 있군그래."

"바로 그거야. 그게 핵심이지. 그 점을 명심해. 그리고 이제 들창으로 가서 나무 창틀의 냄새를 맡아봐. 나는 손수건을 들고 여기 있을 테니."

나무 창틀에 코를 대자 강한 타르 냄새가 진동했다.

"공범이 탈출할 때 그곳을 밟은 거지. 자네가 맡을 수 있을 정도라면, 토비에게는 식은 죽 먹기나 다름없겠군. 좋아, 이제 자네는 아래층으로 내려가서 개를 풀어주고 블롱댕(나이아가라 폭포를 줄타기로 건너서 유명해진 프랑스의 곡예사—옮긴이)을 찾아 어떤 묘기가 펼쳐지는지 구경이나 하라고."

내가 밖으로 나갔을 때 홈즈는 램프를 목에 매단 채 지붕 용마루를 천천히 걸어가고 있었다. 그 모습이 마치 거대한 반딧불이가 움직이는 것처럼 보였다. 그러다가 굴뚝에 가려져 홈즈의 모습이 잠시 사라졌는데, 얼마 후 나타났다가 반대쪽으로 이동하는 바람에 다시 자취를 감추었다. 나는 홈즈를 찾으려고 반대쪽으로 움직였고, 처마 귀퉁이에 앉아 있는 홈즈를 발견했다.

"어이, 왓슨 자네야?" 홈즈가 큰 소리로 나를 불렀다.

"맞아."

"놈은 바로 이곳을 통로로 이용한 거야. 거기 밑에 있는 시커먼 물건은 뭐지?

"배럴 통이야."

"뚜껑은 있어?"

"있어."

"근처에 사다리 같은 건 없고?"

"없어."

"젠장! 정말 위험한 곳이야. 그래도 놈이 올라온 곳이니 나도 내려갈 수 있겠지. 홈통이 꽤 단단해 보이긴 하군. 자, 그럼 내려가볼까!"

발이 끌리는 소리가 몇 차례 들리더니 램프 빛이 천천히 벽을 타고 내려오기 시작했다. 그러다 배럴 통 위로 가볍게 뛰어올랐고, 거기서 다시 땅으로 사뿐히 착지했다.

"범인의 이동 경로를 추적하는 일은 생각보다 어렵지 않았어." 홈즈는 내가 건네준 양말과 신발을 차례로 신으며 말했다. "그자가 밟고 지나간 자리마다 기왓장이 흐트러져 있었거든. 그리고 녀석이 서두르는 바람에 이걸 떨어뜨렸더군. 의사들이 하는 말을 빌리자면, 진단을 확진한 셈이지."

홈즈는 작은 주머니 같은 물건을 보여주었다. 염색한 풀을 짜서 만든 물건인데 번쩍이는 구슬로 장식되어 있었다. 크기나 모양으로 보아, 담뱃갑 같지는 않았고 주머니 안을 들여다보니 검은색 나무 독침 열두 개가 들어 있었다. 한쪽 끝은 날카롭고 한쪽 끝은 뭉툭했다. 그것은 바솔로뮤 숄토의 몸에 박혀 있던 것과 같은 종류였다.

"사람을 죽이는 물건이야. 찔리지 않게 조심해. 이것이 놈이 가진 무기의 전부라면, 우리가 이 독침에 공격당할 위험은 덜었으니 천만다행이야. 조만간 마르티니 총알을 한 방 맞을지도 모르지만.

자, 지금부터 10킬로미터 행군을 시작할 거야, 괜찮겠어?"

"물론이지." 내가 대답했다.

"다리는 어때? 견딜 수 있겠어?"

"물론."

"좋아. 이제 토비 차례군!" 홈즈는 녀석의 머리를 쓰다듬어주었다. "토비, 냄새를 맡아." 홈즈는 크레오소트가 묻은 손수건을 개의 코밑에 갖다 대고 명령했다. 녀석은 털이 복슬복슬한 다리를 벌리고 서서 우스꽝스럽게 머리를 갸웃거렸다. 마치 와인 향을 맡는 감식가처럼 보였다. 홈즈는 손수건을 멀리 던지고는 잡종 개의 목에 튼튼한 목줄을 채웠다. 그리고 물통 옆으로 개를 데리고 갔다. 개는 코를 땅에 박고 꼬리를 곧추세우며 즉시 큰 소리로 사납게 짖어댔다. 그러고는 냄새를 따라 쏜살같이 달려 나갔다. 우리는 목줄을 잡고 토비의 뒤를 쫓았다. 토비는 홈즈가 잡고 있던 목줄이 팽팽해질 정도로 엄청난 속도로 달렸다.

동쪽 하늘이 서서히 밝아오기 시작했고, 차가운 회색빛 박명 아래 거리에 있는 웬만한 물체는 램프를 비추지 않고도 볼 수 있었다. 우리의 등 뒤로 쓸쓸하고 비참하게 우뚝 솟아 있는 거대한 저택과 텅 빈 검은 창문, 높다랗고 매끈한 벽면도 잘 보였다. 개는 정원을 가로질러 군데군데 파놓은 구덩이 사이를 요리조리 잘도 빠져나갔다. 어지럽게 쌓인 흙더미와 시든 관목들로 정원은 황폐하고 불길해 보였다. 이는 어쩐지 저택에 드리워진 비극적인 사건과도 잘 어울리는 것 같았다.

담 밑에 도착한 토비는 담벼락 그림자에 코를 박고 연신 킁킁대며 냄새를 맡았다. 그러다가 어린 너도밤나무에 가려진 모퉁이 앞에 멈춰 섰다. 두 개의 담이 만나는 그곳에 담장 벽돌 몇 개가 헐거워져 있었고, 갈라진 틈의 벽돌만 반들반들하게 닳아 있었다. 범인들이 이곳을 사다리로 자주 활용했던 것 같았다. 홈즈는 갈라진 틈 사이에 발을 딛고 담장을 기어오른 후 내가 들고 있던 토비를 잡아 올려 담장 반대쪽으로 조심스럽게 떨어뜨렸다.

나도 담장 위로 올라가 홈즈 옆에 같이 섰다. "의족을 한 사내의 손바닥 자국이 남아 있군. 저기 하얀 석회가루 위에 묻은 혈흔 보이지? 간밤에 큰비가 내리지 않아서 천만다행이군. 범인들이 사라진 지 스물여덟 시간이나 지났지만 아직 길가에 크레오소트 냄새가 남아 있을 거야."

나는 밤사이 런던 시내를 지나다녔을 수많은 마차들을 떠올리며 홈즈의 추리에 의구심을 품었다. 하지만 곧 내 걱정이 기우에 지나지 않았음을 알게 되었다. 토비는 뒤뚱거리며 굴러가는 듯한 특유의 동작으로 계속해서 달려나갔다. 한 번도 머뭇거리거나 다른 곳으로 새지 않았다. 길 위에 다른 냄새도 많았겠지만 크레오소트의 냄새가 어떤 냄새보다 훨씬 더 지독했던 것이다.

"왓슨, 내가 단순히 범인의 발에 묻은 화학약품에만 의존하고 있다고 생각하지 말아줘." 홈즈가 말했다. "다른 방법으로도 녀석들을 추적할 수 있어. 하지만 이 방법이 가장 빠르지. 행운의 여신이 우리 손에 증거를 쥐여줬는데 그걸 모른 체하는 것도 잘못 아니겠어? 그러고 보니 명백한 이 증거 때문에 복잡한 사건이 꽤 단순해지긴 했어. 이 증거만 아니었다면 내가 엄청난 실력 발휘를 할 수 있을 텐데 말이야."

"걱정 마. 지금도 충분히 실력을 발휘하고 있어." 내가 말했다. "정말이야, 나는 자네가 이번 사건에서 증거를 찾아내는 과정을 보고 몹시 놀랐어. 제퍼슨 호프 살인 사건 때보다 훨씬 더 대단해. 내가 보기엔 이번 사건이 더 복잡하고 난해한 것 같아. 예컨대 의족을 한 사내에 대해 묘사할 때 어떻게 그렇게 자신 있게 말할 수 있었지?"

"쳇, 고작 그런 걸 가지고! 별것 아니었어. 상황이 훤히 보였거든. 자, 한번 들어보라고. 교도소 경비를 지휘하던 두 명의 장교가 어느 날 숨겨진 보물에 관한 중대한 비밀을 알게 되었어. 조너선 스몰이라는 영국인이 두 장교를 위해 지도를 그려주었지. 자네, 모스턴 대위가 가지고 있었다던 도면에 적힌 이름을 기억해? 다른 동료들을 대표해 조너선이 네 사람의 이름을 도면 위에 적은 후 '네 사람의 서명'이라는 극적인 제목을 붙여놓은 거지. 이 도면으로 한 사람이 보물을 찾아내서 영국으로 돌아왔어. 그리고 지도를 받기 전에 그들과 했던 약속은 지키지 않은 거야. 자, 그럼 조너선 스몰은 왜 스스로 보물을 찾지 않았을까? 답은 아주 간단해. 도면은 모스턴 대위가 죄수들과 가깝게 지냈을 때 그려진 거야. 조너선 스몰과 다른 동료들은 죄수 신분이었기 때문에 그곳을 떠나 보물을 찾으러 갈 수 없었던 거지."

"결론이 너무 단순한 것 같은데." 내가 말했다.

"전혀 그렇지 않아. 오로지 이 가설만이 진실을 설명할 수 있어. 그러면 내 가설이 결론과 어떻게 맞아떨어질지 한번 보자고. 숄토 소령은 보물을 가지고 몇 년 동안 평화롭고 행복하게 살았어. 그러던 어느 날 인도에서 온 편지 한 통을 받고 큰 충격에 휩싸였지. 그게 뭐였겠어?"

"그가 속였던 죄수가 석방되었다는 소식이었겠군." 내가 대답했다.

"아니면, 그 죄수가 탈옥했거나. 내 생각엔 후자 쪽이 더 그럴듯해. 왜냐하면 숄토는 죄수들의 복역 기간을 잘 알고 있었기 때문에 석방 소식에 그렇게 충격을 받았을 리는 없어. 편지를 받은 후 그가 어떻게 대처했을까? 의족을 한 사내를 경계하기 위해 자신은 물론 집 구석구석 경비를 철저히 세웠지. 아 참, 탈옥한 죄수는 백인이야. 새디어스가 이야기했잖아, 숄토 소령이 백인 장사꾼을 조너선 스몰로 오해하고 실제로 그를 향해 총을 쏘았다고 말이야. 그리고 도면 위에 적힌 이름 중에 백인의 이름은 하나뿐이야. 나머지 셋은 힌두교도나 회교도지. 그 모든 정황으로 보아 의족을 한 사내는 분명 조너선 스몰과 동일 인물임에 틀림없어. 지금까지 말한 것 중 잘못된 게 있어?"

"없어. 아주 간결하고 명료한 추리였어."

"그럼 이번에는, 우리가 조너선 스몰의 입장이 되어보자구. 그는 보물에 대한 자신의 권리를 되찾고, 자신을 속인 사람에게 복수하려는 생각을 가지고 영국에 왔어. 숄토 소령이 어디에 거주하고 있는지 찾아낸 후 저택 내부에 살고 있는 하인과 내통했을 가능성이 아주 커. 우리는 만나지 못했지만, 폰디체리 저택에는 랄 라오라는 집사가 살고 있어. 번스톤 부인의 말로는 성품이 좋지 못한 사람 같더군.

하지만 보물이 숨겨진 장소를 아는 사람은 숄토 소령과 이미 사망한 충성스러운 하인, 이 두 사람뿐이었기 때문에 스몰은 보물을 찾아내지 못했어. 그러던 어느 날 소령이 곧 임종을 맞을 것이라는 사실을 알게 된 그는 보물이 숄토 소령의 죽음과 함께 묻혀버릴까 봐 대단히 흥분했고, 그 길로 곧장 저택의 삼엄한 경비를 뚫고 소령의 방 가까이 접근했어. 그렇지만 소령이 두 아들과 함께 있는 바람에 방으로 들어갈 수는 없었지. 소령은 사망했지만, 증오에 눈이 멀어 다시 소령의 방에 침입했고 소령의 소지품을 모조리 뒤졌어. 혹시 보물에 관련된 정보가 나오지 않을까 하는 바람에서 말이야. 하지만 아무것도 찾지 못했지.

방을 떠나기 전 그는 자신이 이곳에 왔음을 알리는 짧은 글귀를 메모지에 적어두었어. 자신이 소령을 처단하게 되면 그 글귀를 소령의 몸에 남기려 한 것이 틀림없어. 네 사람의 입장에서 본다면 그것은 평범한 살인이 아닌 정의로운 행동을 상징하는 것이니까 말이야. 범죄 역사에서 이런 식으로 자신의 흔적을 남기는 일은 자주 있었어. 그리고 대개의 경우 이 흔적이 범인에 대한 소중한 단서를 제공해주지. 무슨 말인지 알겠지?"

"잘 알아들었어."

"그 후에 조너선 스몰이 어떻게 했을까? 보물을 찾기 위해 계속해서 비밀리에 저택을 감시했어. 물론 영국을 떠나 있으면서 보물을 찾기 위해 이따금 저택으로 돌아왔을 수도 있지. 그러는 사이 바솔로뮤 숄토가 다락방을 발견했고, 스몰은 즉시 그 사실을 알게 됐지. 여기서 또 한 번 저택 내부에 공범이 있다는 사실이 드러나는군. 조너선 그는 의족을 한 다리 때문에 바솔로뮤 숄토의 높은 방에 접근할 수가 없었어. 그래서 우리의 호기심을 자극하는 몹시 특이한 동료와 함께 범행을 도모했고, 장애물을 극복할 수 있게 되었지. 비록 공범이 크레오소트 액에 발을 딛는 바람에 토비까지 끌어들이고, 아킬레스건을 다친 군의관을 10킬로미터나 걷게 했지만 말이야."

"그런데 숄토를 죽인 것은 조너선이 아니라 그 공범이잖아."

"그렇지. 방에 남겨진 스몰의 발자국 동선을 살펴보면 바솔로뮤 숄토에게 개인적인 원한은 없어 보여. 스몰은 단지 숄토의 몸을 묶고 입에 재갈을 물린 후 보물을 가져가는 선에서 일을 마무리하고 싶었을 거야. 혹시라도 일이 잘못될 경우 교수형은 피해야 하니까 말이야. 하지만 어쩔 수 없었지. 스몰의 동료가 야만적인 본능을 발휘해 독침을 쏘아버렸으니까. 그리고 조너선 스몰은 다시 한 번 짧은 글귀를 남기고 보물 상자를 꺼내 달아났지. 여기까지가 내가 파악한 사건의 전말이야. 물론 그의 인상착의에 관해서도 말해줄 수 있어. 중년의 나이, 안다만 제도에서 오래 복역했기 때문에 검게 그을린 피부, 발자국 보폭으로 보아 키는 쉽게 계산할 수 있고 턱수염을 길렀어. 새디어스 숄토의 말을 기억해봐. 창밖에 서 있던 그 사내 얼굴에 수염이 텁수룩하게 나 있었다고 했잖아. 여기까지야, 그 이상은 나도 잘 모르겠군."

"그 공범은?"

"아하, 공범도 뭐 대단히 신비로운 사람은 아니야. 자네도 곧 모든 걸 알게 될 거야. 정말 상쾌한 아침이군! 저기 저 작은 구름을 보라구, 거대한 홍학의 분홍 깃털 같군. 떠오르는 태양의 붉은 빛줄기가 런던 하늘의 짙은 먹구름 사이로 고개를 내밀고 있어. 태양은 세상의 수많은 사람들에게 빛을 비추지만 장담컨대, 그중 이렇게 희한한 일에 매달려 있는 사람은 우리 둘밖에 없을걸. 위대한 자연의 힘 앞에서 인간의 야망과 노력이 너무나 보잘것없게 느껴지는군! 자네, 장 파울에 대해 잘 알지?"

"꽤 알지. 장 파울에 대해 칼라일이 쓴 글까지 읽었고 말이야." 내가 대답했다.

"그의 책은 마치 개울을 따라가다가 그 근원인 호수에 도착한 것과도 같아. 장 파울은 아주 재치 있고 심오한 말을 했어. '인간의 진정한 위대함은 자신이 보잘것없음을 아는 데 있다.' 비교하고 인정할 줄 아는 능력 자체가 인간의 숭고함을 증명한다는 말이지. 그의 책에는 풍부한 정신적 양식이 담겨 있어. 그런데 왓슨, 권총 가져왔어?"

"지팡이는 가져왔어."

"놈들의 소굴에 들어가게 되면 그런 무기가 필요한 상황이 발생할 수도 있어. 조너선은 자네에게 맡길게. 나는 다른 녀석이 거칠게 굴면 총을 쏘아 죽일 생각이야."

홈즈는 웃옷 오른쪽 주머니에서 권총을 꺼내 약실藥室에 총알 두 발을 장전했다. 그리고 다시 주머니에 권총을 집어넣었다.

우리는 토비의 뒤를 따랐다. 대도시의 허름한 저택들이 줄지어 있는 길을 지나 길게 뻗은 도로에 들어섰다. 그곳에는 노동자들과 부두 인부들이 이른 시간부터 바삐 움직이고 있었다. 단정치 못한 옷차림의 매춘부들이 가게 문을 닫고 현관 계단을 쓸고 있었고, 길 모퉁이에 있는 여인숙은 하루의 시작을 준비했다. 이제 막 세수를 마친 듯한 험악하게 생긴 사내들이 소매로 턱수염의 물기를 닦으며 여인숙을 나서는 모습도 보였다. 낯선 개들이 어슬렁거리며 우리 옆을 지나가다 이상하다는 듯 쳐다보았지만 우리의 토비는 왼쪽이든 오른쪽이든 절대 한눈을 파는 법이 없었다. 녀석은 땅에 코를 박고 빠르게 전진했고, 이따금 냄새가 강하게 나는 곳에서 크게 짖어 댔다.

우리는 스트레텀, 브릭스턴, 캠버웰을 통과한 후 방향을 바꾸어 오벌의 동쪽으로 향하는 케닝턴 길로 들어섰다. 그런데 토비의 경로를 파악해보니, 범인들이 추적을 피하려고 일부러 구불구불한 길로 이동한 것 같았다. 그들은 큰 도로로는 나가지 않았고, 골목길이 나오면 항상 골목길로 꺾어 들어갔다. 케닝턴 길 끝자락에서 다시 왼쪽으로 꺾어 본드 스트리트와 마일스 스트리트를 지났다. 기사의 집으로 이어지는 곳에서 토비는 앞으로 나아가길 멈추고, 한쪽 귀를 쫑긋 세우고 다른 쪽 귀는 축 늘어뜨린 채 같은 자리를 맴돌았다. 토비는 잠시 주저하는 모습을 보이더니 빙글빙글 돌며 도움을 요청하는 듯 애절한 눈빛으로 우리를 쳐다보았다.

"젠장! 뭐가 잘못된 거지?" 홈즈가 화난 목소리로 말했다. "녀석들이 마차를 이용했을 리도 없고, 기구를 타고 하늘로 올라갔을 리도 없어!"

"여기에 얼마간 머물렀나 보군."

"아! 다행이야. 녀석이 다시 뛰기 시작했어." 홈즈가 안도한 듯한 목소리로 말했다.

개는 킁킁거리며 주위의 냄새를 맡더니 결심한 듯 지금까지와는 다른 태도로 쏜살같이 내달렸다. 전보다 훨씬 더 강한 냄새를 맡은 것 같았다. 녀석은 땅에 코를 박지도 않고 우리가 잡고 있던 가죽끈이 끊어질 정도로 힘차게 달려 나갔다. 순간 홈즈의 번뜩이는 눈빛에서 우리가 곧 목적지에 도착할 것이라는 사실을 알 수 있었다.

우리는 나인 엘름스를 내달려 화이트 이글 술집 바로 옆에 있는 브로더릭 앤드 넬슨의 커다란 야적장에 도착했다. 토비가 흥분하여 미친 듯 날뛰더니 쪽문을 통해 야적장 안으로 들어갔다. 목수들이 이른 아침부터 일하고 있었다. 토비는 톱밥과 대팻밥을 헤치고 좁은 길을 달려 통로를 빙 돌아 두 개의 목재 더미 사이로 향했다. 그리고 의기양양하게 짖어대며 큰 배럴 통 위로 뛰어올랐다. 통은 아직 손수레에서 내려지지 않은 상태였다. 개는 통 위에 서서 혀를 축 늘어뜨리고 눈을 깜박거리며 우리의 칭찬을 기다렸다. 배럴 통의 널판과 손수레 바퀴에 검은색 액체가 묻어 있었고, 통 주변에서 크레오소트 냄새가 진동을 했다.

홈즈와 나는 잠시 우두커니 서로를 바라보다가 동시에 큰 소리로 웃음을 터트렸다.

The Sign of Four

The Baker Street Irregulars

제8장 베이커 스트리트 이레귤러스

"이제 어떻게 해야 하지?" 내가 물었다. "절대 실수하는 법이 없다더니, 녀석도 완벽하지는 않은가 보군."

"토비는 본능적으로 후각을 좇았을 뿐이야." 홈즈는 통 위에 앉아 있는 토비를 안아 내린 후 야적장을 나섰다. "하루 동안 런던에서 수레로 운반되는 크레오소트 양이 얼마나 많은지 알아? 길이 엇갈렸을 가능성은 충분해. 특히 요즘은 목재를 건조시키는 데 크레오소트를 많이 사용하거든. 토비 잘못은 아니지."

"냄새를 다시 찾아야 할 것 같은데." 내가 말했다.

"자네 말이 맞아. 그런데 다행히 처음부터 시작할 필요는 없을 것 같아. 녀석이 기사의 집 모퉁이에서 한참을 머뭇거렸으니 필경 크레오소트 냄새가 그곳에서 두 방향으로 나뉘었던 거야. 이쪽 방향은 아니니까 반대 방향으로 가면 되겠군."

별로 어려운 일은 아니었다. 우리는 기사의 집 모퉁이로 되돌아갔고, 토비는 그곳에서 냄새를 찾아 크게 원을 그리며 한 바퀴 돌더니 새로운 방향으로 쏜살같이 달려 나갔다.

"설마 좀 전에 본 그 크레오소트 통이 처음에 놓여 있던 자리로 가는 건 아니겠지." 내가 걱정스레 말했다.

"나도 그 생각을 했어. 그런데 걱정 마. 녀석은 지금 인도로 가고 있어. 통을 실은 수레는 도로를 이용했을 텐데, 인도로 향하고 있다면 우리는 지금 제대로 가고 있는 거지."

토비는 벨몬트 광장과 프린스 가를 지나 강변을 향해 달렸다. 브로드 가가 끝나는 지점에서 멈추지 않고 강으로 내려갔다. 그곳에는 나무로 된 작은 선착장이 있었다. 토비는 선착장 가까이로 우리를 이끌더니 저 멀리 어두운 강물을 바라보며 낑낑대는 소리를 냈다.

"제길, 범인들이 벌써 보트를 타고 도망간 것 같군." 홈즈가 아쉽다는 표정으로 말했다.

너벅선 몇 척이 물 위에 떠 있거나 선착장에 묶여 있었다. 우리는 토비를 선착장에 있는 모든 배에 일일이 태워서 냄새를 맡도록 했다. 녀석은 킁킁대며 구석구석 살폈지만 냄새를 찾지 못했다. 강변을 둘러보니 조잡하게 만들어진 부잔교 근처에 작은 벽돌집 하나가 눈에 띄었다. 2층 창문에 나무 팻말 하나가 걸려 있었는데 거기에는 큰 글씨로 '모드케이 스미스'라는 이름과, 그 밑에 '배를 빌려드립니다'라는 글귀가 적혀 있었다. 우리는 선착장 한쪽에 잔뜩 쌓여 있는 코크스 더미를 보고 이 집에서 빌려준다는 배가 증기선이라고 확신했다. 그런데 주위를 천천히 둘러보던 홈즈의 표정이 점점 어두워졌다.

"불길하군. 녀석들이 생각보다 많이 영리한 것 같아. 도주 흔적을 은폐하려고 사전에 치밀한 계획까지 세워두었어." 홈즈는 심각하게 말하며 벽돌집을 향해 걸어갔다.

갑자기 현관문이 불쑥 열리더니 여섯 살쯤 되어 보이는 곱슬머리의 작은 남자아이가 뛰어나왔고, 그 뒤를 따라 뚱뚱한 여성이 손에 커다란 스펀지를 들고 쫓아 나왔다.

"잭! 당장 이리 오지 못해! 씻고 나가야지!" 여자가 빨갛게 상기된 얼굴로 소리를 질렀다. "어서 돌아와! 말썽꾸러기 녀석, 아버지가 돌아와서 네 꼴을 보면 분명 욕을 한 바가지 퍼부으실 거야."

"네가 잭이구나!" 홈즈는 우리를 향해 뛰어오는 소년에게 의도적으로 말을 붙였다. "빨갛게 익은 귀여운 뺨 좀 봐. 잭, 뭐 갖고 싶은 것 없니?"

꼬마 잭은 잠시 골똘히 생각하더니 "1실링요"라고 말했다.

"1실링보다 더 갖고 싶은 건 없고?" 홈즈가 다시 묻자, 잭은 또잠시 고민하더니 "2실링이면 더 좋지요"라고 대답했다.

"정말 똑똑하구나, 자, 여기 있다!" 홈즈가 잭의 손에 2실링을 쥐여주었다.

"영리한 꼬마입니다, 스미스 부인!"

"감사합니다. 녀석이 원래 저렇답니다. 점점 감당하기 힘들어지네요. 특히 남편이 며칠씩 집을 비울 때는 훨씬 심해져서요."

"아저씨께서 지금 집에 없습니까?" 홈즈가 짐짓 실망한 투로 말했다. "유감이네요, 스미스 씨에게 용건이 있어서 찾아왔는데 말입니다."

"어쩌죠? 남편은 어제 새벽에 일을 나가고 없어요. 사실 저도 그 것 때문에 걱정돼 죽겠어요. 배를 빌리시는 거라면 제가 도와드릴 수 있습니다만."

"증기선을 한 척 빌릴 수 있을까요?"

"이런, 하필 남편이 타고 나간 게 증기선이에요. 그래서 불안한 거예요. 배에 실려 있는 석탄이 너무 적어서 울리치까지밖에 못 갈 텐데. 남편은 종종 그레이브젠드까지 나갔다가 일이 많은 날에는 며칠씩 머물다 돌아오곤 했어요. 그런데 석탄이 떨어진 증기선으로 어떻게 돌아올지 걱정이랍니다. 바지선을 타고 나갔다면 아무 문제 없을 텐데 말이에요."

"강 하류의 선착장에서 석탄을 살 수 있으니 너무 걱정 마세요."

"아니에요, 선생님." 스미스 부인이 손사래를 치며 말했다. "그 이는 다른 곳에서 석탄을 살 사람이 아니에요. 몇 포대 안 되는 석 탄 값이 터무니없이 비싸다고 평소에도 얼마나 화를 내는데요. 더 구나 제가 질색하는 의족을 한 남자와 같이 갔거든요. 얼굴도 험악 하게 생기고 말투도 이상한 사람이에요. 걸핏하면 우리 집 문을 두 드려댄다니까요."

"의족을 한 남자라고요?" 홈즈가 놀란 표정으로 되물었다.

"네, 선생님, 구릿빛 피부에 꼭 무슨 원숭이처럼 생긴 사람이에 요. 최근에 우리 바깥양반을 몇 번이나 찾아왔거든요. 어제 새벽에 도 그 남자가 찾아와서 남편을 깨워 같이 나갔다니까요. 그런데 우 리 양반은 사내가 찾아올 것을 이미 알고 있었던 눈치였어요. 잠들기 전에 증기선 시동을 미리 걸어놓았더라고요. 솔직히 난 그 점이 제일 마음에 걸려요."

"스미스 부인." 홈즈는 아무렇지도 않은 듯 어깨를 으쓱하며 말을 이었다. "제가 보기엔 별일 아닌 것 같습니다. 너무 예민하게 생각하지 마세요. 아 참, 그런데 간밤에 찾아온 남자가 의족을 한 사내라는 걸 어떻게 아셨지요? 직접 보셨나요?"

"어젯밤에는 목소리만 들었어요. 그 사내의 목소리가 굵고 걸걸하다는 것을 진작 알고 있었거든요. 그가 문을 두드렸어요. 제 기억으론 세 번 정도 두드린 것 같아요. '일어나게 친구, 떠날 시간이야'라고 말하더군요. 남편은 큰아들 짐을 깨워서 데리고 나갔어요. 나에게는 한 마디 말도 하지 않고 말이에요. 그리고 의족이 돌바닥에 딱딱 부딪치는 소리도 들었어요."

"의족을 한 사내 혼자 왔었습니까?"

"그건 잘 모르겠어요. 다른 소리는 듣지 못했으니까요."

"그렇군요. 아침부터 실례가 많았습니다. 그런데 제가 필요한 건 증기선입니다……. 스미스 씨의 증기선이 빠르다는 소문을 듣고 찾아왔는데 아쉽네요. 그 증기선 이름이…… 뭐였더라……?"

"오로라호예요."

"아하! 노란 띠를 두른 낡은 녹색 증기선이지요? 선폭이 아주 넓고 말이죠."

"아니에요. 강에 떠 있는 다른 배들처럼 작고 날씬하답니다. 최근에 페인트칠을 다시 했는데, 검정 바탕에 빨간 줄 두 개를 그려

넣었지요."

"감사합니다. 스미스 씨에게서 곧 좋은 소식이 들리길 바랍니다. 강을 내려가는 길에 오로라호를 만나면 스미스 씨에게 부인의 염려를 전해드리겠습니다. 굴뚝이 검정색이라고 하셨죠?"

"아니요. 굴뚝은 검정색 바탕에 하얀색 띠를 둘렀어요."

"아, 맞습니다. 선체의 색이 검정이었지요. 스미스 부인, 그럼 안녕히 계십시오. 왓슨, 저기 나룻배에 사람이 보이는군. 저걸 타고 강을 건너자."

우리는 나룻배에 올라탔다.

"저런 부류의 사람을 수사할 때는 그들이 하는 말을 대수롭지 않게 듣는 척해야 해. 만일 자기가 하는 말이 상대에게 중요한 정보가 된다는 낌새를 채면, 그들은 즉각 진주조개처럼 입을 딱 닫아버리거든. 그러니까 일부러 딴소리도 해가면서 이야기를 들어야 원하는 것을 얻을 수 있지."

"그렇군. 좋은 정보를 얻었으니 이제 어디로 가야 할지 분명해진 것 같은데." 내가 말했다.

"어떻게 해야 할까?" 홈즈가 되물었다.

"증기선 한 척을 빌려서 강 하류로 녀석들을 쫓아가는 게 좋겠지."

"음, 왓슨 선생, 그렇게 하면 일이 몹시 복잡해질걸. 오로라호는 이곳과 그리니치 사이 어딘가에 정박해 있을 거야. 그런데 다리 밑에 길게 늘어선 선착장이 얼마나 많은지 알아? 우리 두 사람이 아무리 부지런히 돌아다녀도 하루 이틀로는 부족할 거야."

"그럼 경찰 병력을 동원하면 되겠군."

"아직은 아니야. 나는 최후의 순간에 애셜니 존스 형사를 부를 작정이야. 그의 자존심을 다치게 할 생각은 조금도 없지만, 이왕 여기까지 왔으니 이번 일은 내 힘으로 해결하고 싶어."

"선착장 관리인들에게 그들의 행방을 묻는 광고를 내면 도움이 되지 않을까?"

"그건 절대 안 돼! 광고가 범인들의 귀에 들어갈 수 있어. 그렇게 되면 누군가 자신들의 뒤를 바짝 쫓고 있다는 사실을 알고 곧장 해외로 달아날걸. 지금 상황에서는 해외 도주 가능성도 간과할 수 없어. 하지만 자신들이 안전하다고 생각하면 서둘러 도주하지는 않을 거야. 바로 그것 때문에 존스 형사의 도움이 필요한 거지. 형사는 분명히 런던 일간지에 사건의 수사 방향을 만천하에 드러내는 기사를 실을 것이고, 범인들은 형사가 헛다리를 짚고 있다고 철석같이 믿겠지."

"그렇다면 우린 이제 어떻게 해야 하지?" 내가 물었다. 그때 배가 밀뱅크 교도소 근처에 도착했다.

"우선 이륜마차를 타고 집으로 돌아가자구. 뭐라도 좀 먹고 잠을 자두는 게 좋겠어. 오늘 밤에 다시 움직일 일이 생길 테니 말이야."

우리는 마차를 타고 하숙집으로 향했다.

"여보게, 마부! 우체국 앞에 잠깐 세우게!" 홈즈가 큰 소리로 말했다. "토비는 아직 쓸모가 있을 테니 우리가 좀 더 데리고 있도록 하자."

마차는 그레이트피터 스트리트 우체국 앞에 멈췄고, 홈즈가 신속하게 내려서 전보를 치고 돌아왔다.

"내가 누구한테 전보를 쳤을 것 같아?" 홈즈가 물었다.

"당연히, 나는 모르지."

"자네 혹시 제퍼슨 호프 사건 때 고용했던 베이커 스트리트 이레귤러스(이레귤러스irregulars는 '비정규군'이란 뜻으로, '베이커 스트리트 이레귤러스'는 홈즈를 돕는 거리의 아이들을 가리킨다—옮긴이)를 기억해?"

"물론." 나는 웃으며 답했다.

"지금이 바로 녀석들이 실력 발휘를 할 때야. 이 계획 말고도 다른 대책이 있지만, 우선 이 방법을 먼저 시도해보는 게 좋을 것 같아서 땟국이 줄줄 흐르는 믿음직한 대장 위긴스에게 전보를 쳤어. 우리가 아침 식사를 끝내기 전에 녀석들이 집으로 들이닥칠 거야." 홈즈가 자신 있게 말했다.

하숙집에 도착했을 때 시간은 9시를 향하고 있었고 밤사이 연달아 일어난 기이한 사건들로 내 몸은 녹초가 되었다. 온몸의 기운이 다 빠져나간 것 같았고 정신은 몽롱했다. 솔직히 말해서 나는 홈즈만큼 사건에 대한 열정이 큰 사람은 아니었다. 또 사건을 단순히 추상적이고 지적인 문제로만 볼 수도 없었다. 죽은 바솔로뮤 숄토를 보았을 때 그에 대해 아는 바가 거의 없어서 살인범에 대한 반감도 강하게 느껴지지 않았다. 하지만 보물은 별개의 문제였다. 보물의 일부는 모스턴 양의 것이었고, 그것을 되찾을 수만 있다면 내 인생을 모두 바칠 준비가 되어 있었다. 물론 내가 보물을 찾는다면 그녀는 이제 내 손이 닿지 않는 먼 곳으로 영영 가버릴지도 모르지만, 그런 생각으로 결심이 흔들린다면 얼마나 부끄럽고 이기적인 사랑이란 말인가. 홈즈는 범인을 잡겠다는 이유 하나로 사건에 뛰어들었지만, 내가 보물을 찾아야 할 이유는 그보다 열 배는 더 강했다.

따뜻한 물로 목욕을 하고 나니, 지친 몸에 다시 힘이 솟는 것 같았다. 나는 방으로 내려갔다. 탁자 위에 간단한 아침 식사가 차려져 있었고 홈즈는 커피를 따르는 중이었다.

"이것 좀 봐." 홈즈는 웃는 얼굴로 신문을 가리켰다. "혈기 왕성한 존스 씨와 기삿거리를 찾아 날뛰는 기자가 만들어낸 걸작이 나왔더군. 이렇게 할 거라고 예상은 했지만 정말 말도 안 되는 식으로 사건을 꾸며놓았어. 자네는 햄과 달걀 프라이로 먼저 식사해."

나는 《스탠더드》를 받아 들고는 「어퍼노우드의 수수께끼 같은 사건」이라는 제목의 기사를 읽었다.

어젯밤 자정, 어퍼노우드의 폰디체리 저택에 살고 있는 바솔로뮤 숄토가 자신의 방에서 시체로 발견되었다. 사건의 정황으로 보아 살해된 것으로 추정된다. 시체에 특별한 외상은 없지만 죽은 남자가 아버지에게서 유산으로 받은 상당량의 인도 보물이 사라진 것으로 확인되었다. 사건 현장을 처음 발견한 사람은 셜록 홈즈와 왓슨 박사이다. 그들은 죽은 남자의 동생인 새디어스 숄토와 함께 저택을 방문했다고 한다. 운 좋게도 그날은 다른 지역에서 일하는 명망 높은 형사 애셜니 존스 씨가 우연히 노우드 경찰서를 찾았을 때였다. 그는 이 사건을 신고받고 30분 만에 현장에 도착하여 능숙하고 노련한 솜씨로 단번에 범인 색출에 나섰다. 그리고 그 자리에서 죽은 남자의 동생인 새디어스 숄토와 가정부 번스톤 부인, 인도인 집사 랄 라오, 마부, 문지기 맥머도를 모두 체포했다. 존스 형사는 탁월한 지식과 관찰력을 발휘하여 범인이 방문이나 창문을 통해 들어올 수 없다는 사실을 알아냈다. 그리고 시체가 발견된 방의 다락에 지붕과 연결되는 비밀 통로가 있다는 사실을 발견했다. 이로써 범인이 집의 내부 구조를 아주 잘 알고 있는 사람이라는 사실이 명백해진 것이다. 결국 사건은 단순한 우발적 범행이 아니라, 사전에 치밀하게 계획된 범행임이 드러났다. 법 집행관들의 신속하고 정확한 조치를 통해 열정과 능력을 갖춘 훌륭한 형사가 현장에 있는 것이 사건 해결에 대단히 큰 도움이 된다는 사실을 증명했다. 이번 일을 계기로 수사력이 지방으로 분산되어 앞으로 더욱 치밀하고 신속한 수사가 이루어지기를 바란다.

"정말 훌륭한 기사군!" 홈즈가 커피 잔을 기울이며 말했다. "자네는 어떻게 생각해?"

"하마터면 우리도 용의자로 체포될 뻔했어."

"나도 그렇게 생각했어. 애셜니 존스가 한 번 더 객기를 부린다면 우리의 안전도 장담 못하지."

그때 밖에서 초인종이 울리더니 하숙집 주인 허드슨 부인의 당황스럽고도 나무라는 듯한 목소리가 들렸다.

"맙소사! 홈즈, 경찰이 정말 우리를 잡으러 왔나 본데."

"아니, 그렇게 나쁜 방문객은 아닌 것 같아. 우리를 지원해줄 비정규군, 베이커 스트리트 이레귤러스가 도착한 거야."

그때 맨발로 소란스럽게 계단을 오르는 소리가 들렸다. 누더기 옷을 입은 열두 명의 꼬질꼬질한 부랑아들이 왁자지껄 떠들며 몰려들었다. 방에 들어서자마자 녀석들은 우리를 향해 한 줄로 정렬하고는 무언가를 기다리는 표정으로 서 있었다. 제법 규율이 잡힌 모습이었다. 그들 중 가장 키가 크고 나이 들어 보이는 녀석이 짐짓 점잔을 빼며 앞으로 나왔다. 초라하고 남루한 무리 속에서 뻐기는 모습이 몹시 우스꽝스러워 보였다.

"전보를 받고 곧장 달려왔습니다. 차비는 3실링 6펜스였습니다."

"자, 여기 있다." 홈즈는 주머니에서 은화 몇 개를 꺼내 건넸다. "앞으로는 보고할 일이 있으면 위긴스가 너희들을 대표하여 나를 찾아오도록 한다. 이렇게 한꺼번에 몰려오는 일은 없도록 해라. 하지만 이번 지시 사항은 너희들 모두 듣는 것이 좋을 듯싶구나. 증기선 한 척의 위치를 알아내야 한다. 배의 이름은 '오로라호' 다. 선주는 모드케이 스미스, 증기선은 검은색 바탕에 빨간 줄이 두 개 있다. 그리고 굴뚝은 검은 바탕에 흰 띠가 하나 있다. 지금쯤 강 하류 어딘가에 정박해 있을 것이다. 너희들 중 한 사람은 밀뱅크 건너편에 있는 모드케이 선착장에 머물면서 배가 들어오면 보고하도록 한다. 나머지는 흩어져서 강 양쪽을 철저히 살피도록. 소식이 있으면 바로 알려야 한다. 알겠나?"

"예, 대장님!" 위긴스가 대답했다.

"수고비는 전과 같다. 대신 증기선을 찾는 사람에게 따로 1기니(1기니는 21실링—옮긴이)를 더 줄 것이다. 자, 하루치 일당을 선불로 주겠다. 이제 출발!"

홈즈에게서 1실링씩 받아 든 녀석들은 다시 왁자지껄하게 계단을 뛰어 내려갔다. 그리고 잠시 뒤 거리를 휩쓸고 가는 녀석들의 모습이 보였다.

"증기선이 물 위에 떠 있다면 우리 애들이 반드시 찾아낼 거야." 홈즈는 의자에서 일어나 파이프에 불을 댕기며 말했다. "녀석들은 어디든 갈 수 있고 무엇이든 볼 수 있고 어떤 이야기도 엿들을 수 있지. 저녁이 되기 전에 증기선을 찾았다는 연락이 올 거야. 그때까지 기다려보자. 오로라호나 모드케이 스미스 씨를 찾기 전까지는 중단된 추적을 다시 시작할 수 없으니 말이야."

"토비에게 여기 남은 음식을 주어야겠군. 홈즈, 자넨 이제 좀 잘 거야?"

"아니, 나는 좀 특이한 체질이야. 일하는 동안에는 단 한 번도 피곤하다고 느껴본 적이 없어. 오히려 아무것도 하지 않을 때 더 고단했지. 지금부터 담배를 피우면서 우리의 아름다운 의뢰인이 던져준 기묘한 사건에 대해 곰곰이 심사숙고해볼 거야. 뭐, 대단히 어려운 사건은 아니지. 의족을 한 사내도 평범하다고 할 수 없지만 공범은 이루 말할 수 없이 특이한 놈이야."

"공범까지도?"

"그자에 대해 자네에게 비밀로 하고 싶진 않아. 자네도 그동안 녀석에 대해 어느 정도 짐작한 부분이 있을 테니 이제 자료들을 모두 검토해보는 게 좋겠군. 최초의 흔적은 아주 작은 발자국이었어. 게다가 구두도 신지 않은 맨발이었지. 머리 부분에 돌을 매단 지팡이가 있었고, 작은 독침이 발견되었어. 또 녀석은 대단히 민첩했어. 자네라면 이 모든 증거를 가지고 어떤 결과를 도출하겠어?"

"야만인!" 내가 자신 있는 목소리로 말했다. "조너선 스몰의 인도인 동료 중 한 사람이 아닐까?"

"그렇게 보긴 힘들지. 처음 그 독침을 확인했을 때는 나도 그쪽으로 생각이 기울었어. 하지만 유독 눈에 띄는 발자국 때문에 다시 생각하게 됐지. 인도에는 유독 키가 작은 사람들도 있지만 우리가 보았던 발자국만큼 작은 발을 가진 종족은 없어. 힌두 사람들의 발은 길고 볼이 좁은 편이지. 그리고 회교도들은 가죽끈이 엄지발가락 사이에 고정된 신발을 신기 때문에 엄지발가락이 유독 많이 벌어져 있어. 여기 이 작은 독침을 쏘려면 필요한 게 하나 있어. 바로 대통이지. 그렇다면, 이런 야만인을 찾을 수 있는 나라는 어디일까?"

"남아메리카." 내가 대담하게 말했다.

홈즈는 책장 위로 손을 뻗어 두꺼운 책을 한 권 꺼냈다.

"최근에 발간된 『대륙 지명 사전』의 제1권이야. 요즘 나온 책 중에 가장 권위 있는 책이라고 할 수 있지. 여기에 뭐라고 쓰여 있는지 한번 볼까? '벵골 만에 위치한 안다만 제도는 수마트라 섬에서 북쪽으로 540킬로미터 떨어져 있다. 다습한 기후에 산호초와 상어가 많음, 포트 블레어, 재소자 수용소, 루틀란드 섬, 미루나무.' 아, 여기 있군! '안다만 제도의 원주민들은 지구상에서 가장 작은 종족이라고 주장할 수 있다. 몇몇 인류학자들은 아프리카의 부시먼, 아메리카의 디거 인디언, 티에라델푸에고 사람들이 더 작다고 생각한다. 안다만 제도 원주민들의 평균 신장은 120센티미터 이하다. 완전히 성장을 끝낸 성인 가운데 이보다 훨씬 작은 사람들도 많이 발견되었다. 그들은 음침하고 사나운 성격을 지녔으며 고집도 세다. 하지만 누군가를 한번 신뢰하면 그에게 매우 헌신적인 우정을 보여준다.' 이 점을 주목하도록 해. 그리고 좀 더 들어보라고.

'그들은 선천적으로 흉측하고 큰 머리와 작고 맹수 같은 눈, 뒤틀린 얼굴을 타고난다. 손과 발 역시 특이하다 싶을 정도로 몹시 작다. 또 너무 고집이 세고 사나운 탓에 그들을 회유하려는 영국 관청의 노력은 매번 실패로 끝났다. 선원들에게 이들은 항상 공포의 대상이었다. 난파된 배의 생존자 머리를 돌을 매단 막대기로 내리쳐 죽이거나, 독침을 쏘아 죽인 뒤 이렇게 학살한 시체로 식인종 축제를 벌인다.' 어때, 왓슨? 정말 대단한 종족이지! 만일 이 공범을 통제하지 않았다면 사건이 훨씬 더 잔인했을 테고, 조너선 스몰은 그를 사건에 끌어들인 것을 상당히 후회했을 거야."

"그런데 스몰은 특이한 그 친구를 어떻게 알게 됐을까?"

"그건 나도 모르지. 하지만 스몰이 안다만 제도에서 온 것만은 확실하니까 원주민도 그 섬에서 함께 온 것으로 보아도 큰 문제는 없겠지. 곧 모든 사실이 밝혀질 거야. 이봐, 왓슨, 자네 아주 지쳐 보여. 저기 소파에 누워봐, 내가 재워줄 테니."

홈즈는 방 한구석에 세워진 바이올린을 가져왔다. 그리고 내가 소파에 누웠을 때 그는 꿈결같이 낮은 멜로디를 연주하기 시작했다. 즉흥연주에 천부적인 재능을 타고난 친구이니 그 곡도 즉흥적으로 연주한 것이 분명했다. 잠들기 전, 어렴풋이 그의 여윈 팔다리와 진지한 얼굴 표정, 그리고 오르락내리락하는 활이 보였다. 나는 부드러운 소리의 바다 위를 평화롭게 떠내려가는 것 같은 기분이 들더니 이윽고 꿈나라로 빠져들었다. 꿈속에서 만난 메리 모스턴 양이 사랑스러운 얼굴로 나를 내려다보고 있었다.

R.G.

A Break in the Chain

제9장 끊어진 고리

나는 늦은 오후가 다 되어서야 일어났다. 몸이 한결 가벼워졌고 기분도 상쾌했다. 홈즈는 내가 잠들기 전에 보았던 자세 그대로 앉아 있었다. 바뀐 게 있다면 바이올린 대신 책에 몰두하고 있다는 점뿐이었다. 그는 나를 잠깐 쳐다보았는데 얼굴에 근심이 가득해 보였다.

"깊이 잠들었더군. 이야기 소리 때문에 혹여 자네가 깨기라도 할까 봐 불안했지."

"아무 소리도 못 들었는데, 누가 왔다 갔어? 새로운 소식이라도 있는 거야?" 내가 말했다.

"위긴스가 방금 보고하고 갔지. 하지만 불행히도 새로운 소식은 없었어. 그것 때문에 솔직히 놀랍기도 하고 실망스럽기도 해. 지금쯤이면 범인들의 위치를 파악할 수 있을 거라고 기대했었는데 말이야. 위긴스의 말이, 선착장에서 오로라호에 대한 어떤 흔적도 찾지 못했다는 거야. 신경 좀 쓰이는군. 한시가 급한데 아직까지 아무것도 찾지 못했다니."

"내가 뭐 도울 일은 없어? 자고 일어났더니 몸이 한결 가벼워졌어. 어제처럼 밤샘 작업도 가능할 것 같아."

"아니, 지금은 없어. 기다리는 일밖엔 할 수 있는 일이 없지. 내가 밖에 나간 사이에 위긴스가 중요한 보고라도 하러 오게 되면, 수사는 더 늦어질 거야. 자네는 나가서 볼일을 봐도 괜찮아. 내가 남아서 소식을 기다릴 테니까."

"그럼 나는 캠버웰에 들러서 세실 포리스터 부인을 만나고 올게. 어젯밤에 부인이 부탁한 것도 있고 해서 말이야."

"포리스터 부인에게 볼일이 있다고?" 홈즈가 눈가에 의미심장한 미소를 띠며 말했다.

"아, 물론, 모스턴 양도 만나겠지. 두 사람 모두 지난밤의 일에 대해 몹시 궁금해할 테니 말이야."

"너무 많은 이야기는 하지 않는 편이 나을 거야. 여자란 동물은 절대 100퍼센트 신뢰해서는 안 되는 존재거든. 제아무리 훌륭한 여자라 하더라도 마찬가지지."

나는 그의 편협한 생각이 못마땅했지만 시간이 없었던 터라 크게 반발하지 않았다.

"알겠어, 한두 시간 내에 돌아올 거야." 내가 말했다.

"좋아! 잘하고 와! 참, 혹시 강을 건널 생각이면 토비를 돌려주고 오는 게 낫겠어. 상황이 이렇게 돌아가니, 더 이상 녀석을 데리고 있을 필요가 없어."

나는 토비를 데리고 핀친 레인으로 갔다. 늙은 박제사에게 반 파

The Sign of Four

운드 금화와 함께 토비를 건넨 후 다시 캠버웰로 향했다. 모스턴 양은 간밤의 모험이 많이 힘들었는지 여전히 피곤한 모습이었다. 포리스터 부인은 이번 사건이 어떻게 진행되고 있는지 몹시 궁금해했고, 모스턴 양도 새로운 소식을 듣고 싶어 하는 눈치였다. 나는 지난밤에 있었던 일들을 처음부터 끝까지 모두 차분하게 이야기했다. 하지만 숄토 소령이 살해당한 부분과 관련된 세부 내용은 전하지 않았다. 가장 끔찍한 일은 말하지 않았는데도 두 여인은 충분히 큰 충격을 받은 것처럼 보였다.

"중세의 모험담 같아요!" 포리스터 부인이 외쳤다. "이 사건엔 상처 받은 아가씨와 사라진 50만 파운드의 보물, 흉악한 식인종, 의족을 한 악당까지 등장하는군요. 전설의 용이나 사악한 백작이 나오는 진부한 이야기보다 훨씬 재미있어요."

"게다가 한 여자를 구하러 온 두 명의 용감한 기사들까지 있지요." 모스턴 양이 나를 따뜻한 눈빛으로 바라보며 말했다.

"메리! 너는 이 상황에도 무척 태연해 보이는구나. 수사 결과에 따라 운명이 바뀔 수도 있는데 말이다. 네가 원하는 대로 호화롭게 떵떵거리며 사는 모습을 상상해보렴, 얼마나 행복하겠니!"

하지만 모스턴 양은 그녀의 말에 동조하지 않았다. 기뻐하기는커녕 보물에 대해 큰 관심이 없는 듯 고개를 갸웃거렸다. 그 모습을 보는 순간 나는 짜릿한 기쁨을 느꼈다.

"제가 걱정되는 건 새디어스 숄토 씨예요." 그녀가 말했다. "그 밖의 다른 것들은 별로 중요하지 않아요. 숄토 씨는 심성이 곱고 착한 사람이에요. 저를 위해 대단히 훌륭한 일도 해냈고요. 그는 지금 말도 안 되는 끔찍한 혐의를 받고 있어요. 우리가 반드시 진실을 밝혀드려야 해요."

이야기를 끝내고 캠버웰을 떠나 밖이 상당히 어둑어둑해졌을 때 나는 하숙집으로 돌아왔다. 홈즈는 사라지고 책과 파이프 담배만 의자 옆에 놓여 있었다. 혹시 나를 위해 남겨둔 메모가 있을까 하여 여기저기 둘러보았지만 아무것도 찾지 못했다.

허드슨 부인이 창문의 블라인드를 내리기 위해 올라왔다.

"홈즈는 밖에 나간 것 같군요." 내가 말을 건넸다.

"아니에요. 지금 자기 방에 있어요. 혹시" 그녀는 목소리를 낮추어 속삭이듯 말했다. "홈즈 씨가 어디 아픈 것 아니에요?"

"왜 그렇게 생각합니까, 허드슨 부인?"

"그러니까, 선생님이 외출하신 후부터 홈즈 씨가 좀 이상했거든요. 끊임없이 방 안을 서성대고 계단을 오르내렸어요. 듣기 지겨울 정도로 발자국 소리가 계속 났지요. 어느 순간에는 중얼거리며 혼잣말까지 하더군요. 밖에서 초인종 소리가 들리기만 하면 층계참으로 달려 나와서 '허드슨 부인, 밖에 누군가요?' 라고 묻기도 했고요. 그러고는 좀 전에 방문을 쾅 닫고 자기 방으로 들어가더니 여태 나오지 않았어요. 이후에도 서성대는 소리는 계속 들렸어요. 선생님, 저러다 홈즈 씨가 어디 병이라도 나는 건 아닌지 걱정이에요. 사실 너무 걱정이 돼서 홈즈 씨에게 진정제를 드리려고 방에 들어갔거든요. 그런데 홈즈 씨가 멍한 얼굴로 저를 쳐다보더군요. 눈빛이 너무 이상해서 얼른 나와버렸답니다."

"아, 걱정 안 하셔도 됩니다. 저도 홈즈가 그렇게 행동하는 모습을 몇 차례 본 적이 있습니다. 요즘 문젯거리가 좀 생겼는데 그것 때문에 불안해서 그러는 겁니다."

나는 대수롭지 않은 일이라는 듯 말하며 하숙집 아주머니를 안심시키려 했다. 하지만 홈즈의 발자국 소리가 밤새 이어지자 나 또한 불안해지기는 마찬가지였다. 그가 예리한 정신력을 작동시킬 수 없는 것에 얼마나 안달이 났는지 알 만했다.

아침 식사를 할 때 보니, 홈즈는 얼굴이 핼쑥하고 두 볼이 상기되어 있었다.

"얼굴이 말이 아니군, 10년은 늙어 보여. 밤새 서성대는 소리가 들리던데 무슨 일이야?"

"잠을 이룰 수가 없었어. 한심한 이 걸림돌에 신경이 쓰여서 말이야. 다른 문제들은 다 해결해놓고 고작 이 장애물 하나 때문에 아무것도 못 하고 있다니 답답해 죽을 것 같았어. 범인이 누구인지, 어느 선착장에서 배를 빌렸는지, 모든 걸 알아냈는데 정작 녀석들을 찾지 못하고 있으니 말이야. 다른 탐정들도 고용했고 가능한 모든 수단을 동원했어. 강가도 샅샅이 뒤졌지만 녀석들의 흔적은 어디에도 없어. 스미스 부인도 아직까지 남편의 소식을 전혀 듣지 못했다는군. 일이 이렇게까지 진척이 없으니 혹 녀석들이 배 밑을 뚫어 배를 가라앉힌 건 아닌가 하는 생각까지 든단 말이야. 하지만 그럴 가능성은 희박해."

"스미스 부인이 일부러 우리에게 잘못된 정보를 흘린 것은 아닐까?"

"아니야, 그런 생각은 깨끗이 지워버려도 좋아. 내가 따로 조사해본 결과, 부인이 설명한 증기선이 실제로 존재하고 있었어."

"그렇다면 배가 강 상류로 갔을 수도 있지 않을까?"

"그 가능성도 배제하지 않았지. 그래서 위쪽 리치몬드까지 조사하도록 수색대 한 팀을 보내놓았어. 우선 오늘까지 소식을 기다려보고 내일부터는 내가 직접 나가볼 생각이야. 배가 아니라 범인들을 찾아보는 게 좋을 것 같아. 물론 오늘 중에 중요한 연락이 올 거라고 믿지만!"

하지만 홈즈의 장담과 달리 어떤 연락도 없었다. 위긴스도, 다른 탐정들도 모두 조용했다. 모든 신문에서 노우드 사건을 다룬 기사를 실었고, 대부분이 새디어스 숄토에게 대단히 적대적이었다. 내일 법정 심리가 열릴 것이라는 정보 외에 새로 추가된 내용은 없었다. 그날 저녁, 나는 캠버웰까지 걸어가서 수사에 진전이 없다는 사실을 두 여인에게 전해주고 하숙집으로 다시 돌아왔다. 홈즈는 낙담한 듯 보였다. 내가 몇 가지 질문을 던졌지만 아무 대답도 하지 않고, 저녁 내내 복잡한 화학 실험을 하는 데 열중했다. 계속해서 증류기를 가열하고 수증기를 증류시켰다. 몇 시간 뒤, 악취가 심하게 나서 홈즈의 방을 빠져나왔다. 한밤중에도 시험관이 땡그랑거리는 소리가 들리는 것으로 보아, 그때까지 악취가 풍기는 실험을 계속하고 있는 것이 분명했다.

동이 틀 무렵, 나는 언뜻 잠에서 깼다. 그리고 침대 옆에 서 있는 홈즈를 발견하고 깜짝 놀랐다. 홈즈는 선원이 입는 초록색 재킷을 걸치고 목에는 빨간색 스카프를 두르고 있었다.

"지금 강가로 나갈 거야." 홈즈가 말했다. "밤새 도록 생각해보았는데, 이 방법밖에 없어. 어쨌든 해볼 만하긴 해."

"그렇다면 나도 같이 가겠어." 내가 말했다.

"아니. 자네는 나 대신 여기 남아 있어야 해. 지 난밤에 위긴스가 실망스러운 말을 하긴 했지만 내 느낌에 분명 오늘 낮에는 무슨 소식이 들어올 것 같아. 만약 그렇게 되면 편지든 전보든 모두 자네가 확인해. 자네의 판단에 따라 행동하면 될 거야. 할 수 있지?"

"물론이지."

"그런데 급한 일이 생겼을 경우 나에게 전보를 칠 수 있을지 걱정이군. 내가 어디에 있을 건지 아직 정확히 말해주기가 어려워. 아무튼 운이 좋으면 금방 끝날 거야. 뭔가 알아내는 즉시 바로 돌아올게." 홈즈는 걸음을 재촉하며 방을 나섰다.

아침이 되었지만 홈즈에게서는 아무 소식도 없었다. 그런데《스 탠더드》를 펼치는 순간, 이 사건에 대한 새로운 사실을 발견할 수 있었다.

어퍼노우드 비극에 대한 사설

우리는 믿을 만한 증거를 통해 이 사건이 처음 예상했던 것보다 훨씬 더 복잡하고 불가사의하다는 사실을 확인했다. 새로 발견된 증거가 새디어스 숄토의 결백을 입증하여 그는 가정부 번스톤 부인과 함께 어젯밤 구치소에서 풀려났다. 경찰은 현재 진짜 범인에 대한 단서를 포착했으며, 뛰어난 열정과 지혜를 갖춘 명망 높은 애셜니 존스가 이번 수사를 담당하고 있다. 런던 경찰국 소속의 애셜니 존스 형사가 조만간 범인을 체포할 수 있을 것으로 기대한다.

'어쨌든 숄토 씨가 풀려났으니 그나마 다행이야. 그런데 새로운 단서라니, 경찰이 실수를 저지를 때마다 무마하려고 내놓는 뻔한 이야기겠지만 그게 뭔지 궁금하군.'

나는 사설을 다 읽고 신문을 탁자 위에 던져놓았다. 그런데 신문의 개인 광고란에 실린 글이 눈에 띄었다.

실종—지난 화요일 새벽 3시경, 선주 모드케이 스미스와 그의 아들 짐이 증기선 오로라호를 타고 스미스 선착장을 떠났다. 오로라호의 선체는 검은 바탕에 두 개의 빨간 줄이 그려져 있고 굴뚝에는 검은 바탕에 흰 띠가 하나 있다. 스미스 씨와 오로라호의 행방을 아는 사람은 스미스 선착장에서 스미스 부인을 찾거나 베이커 스트리트 221B번지로 연락하기 바란다.(제보 보상금, 5파운드)

베이커 스트리트의 주소가 나온 것으로 보아 틀림없이 홈즈가 낸 광고였다. 정말 대단한 지략가였다. 범인들이 광고를 읽을 경우를 대비해 마치 스미스 부인이 애타게 남편을 찾는 기사처럼 쓴 것이다.

길고 지루한 하루였다. 누군가 현관문을 두드릴 때마다 그게 홈즈이거나 신문광고를 보고 온 제보자가 아닐까 생각했다. 책을 읽으려 했지만 집중할 수 없었다. 예상 밖으로 흘러가는 수사 상황과 우리가 쫓고 있는 두 범인들에 대한 생각이 머릿속에 가득했기 때문이다. 혹시 홈즈의 추리에 근본적인 문제가 있었던 것은 아닐까? 커다란 자기기만에 빠져 스스로 헤어 나오지 못하고 있는 것은 아닐까? 그의 명민하고 사색적인 사고가 잘못된 전제를 바탕으로 얼토당토않은 이론을 만들었을 가능성은 전혀 없는 것일까? 물론 한 번도 틀린 적은 없지만 제아무리 뛰어난 이론가라 할지라도 누구나 한 번쯤은 실수할 수 있는 법이다. 더구나 홈즈는 평범하고 간단한 설명보다 미묘하고 기괴한 설명을 좋아한다. 그래서 자신의 논리를 지나치게 까다롭게 다듬는 바람에 큰 오류를 범했을 가능성도 배제할 수 없었다. 그런데 내 눈으로 직접 이번 사건의 증거들을 확인했고, 홈즈가 내린 추론의 근거가 무엇인지도 알고 있기 때문에 나조차도 홈즈의 잘못을 쉽게 인정할 수 없었다. 연속된 이상한 사건들의 긴 연결 고리를 되짚어보았을 때 아주 사소한 것처럼 보이는 일들도 대부분 같은 방향을 향하고 있었다. 그래도 만일 홈즈의 설명이 틀렸고 진실이 따로 있다면, 그 진실 역시 대단히 기묘하고 놀라

울 게 분명했다.

오후 3시 무렵, 초인종 소리가 크게 울리더니 이내 아래층에서 위압적인 목소리가 들렸다. 그리고 누군가가 방으로 들어왔다. 놀랍게도 애셜니 존스 형사였다. 그런데 지난밤의 그가 아니었다. 어퍼노우드에서 자신 있게 사건을 접수해 갔던 상식의 대가, 오만하고 퉁명스러운 애셜니 존스가 아니라 풀이 죽은 표정에 온순한 양 같아 보였다.

"안녕하십니까. 선생님, 또 뵙습니다." 그가 말했다. "셜록 홈즈 씨는 외출 중이겠지요?"

"네, 언제쯤 돌아올지 정확히 모릅니다. 그래도 기다리고 싶으시면 저기 의자에 앉으시죠. 시가 한 대 태우시겠습니까?"

"고맙습니다." 형사는 붉은색의 커다란 손수건으로 얼굴을 닦으며 말했다.

"더운가 보군요. 위스키소다 한잔 드릴까요?"

"네, 반 잔만 주십시오. 아직 날씨가 상당히 덥군요. 일도 잘 안 풀리고 속도 타고 해서 상당히 골치가 아픕니다. 노우드 사건에 대한 제 이론은 알고 계시지요?"

"지난번에 말씀하신 내용은 기억합니다."

"그런데 부득이 그 이론을 재고해야 할 상황이 생겼습니다. 수사의 그물망을 숄토를 향해 좁혀 들어갔는데, 마지막 순간에 그자가 갑자기 구멍 사이로 빠져나가버렸습니다. 사건 당일 그의 알리바이가 완벽하게 입증되었습니다. 바솔로뮤 숄토의 방을 나선 직후부터 그를 보았다는 사람들이 여기저기서 나타났습니다. 그러니 숄토가 다시 지붕을 올라가서 들창으로 들어올 가능성은 전혀 없지요. 정말 음흉한 사건입니다. 지금까지 쌓아온 제 명성에 먹칠을 하게 생겼습니다. 누군가 도움을 준다면 대단히 고마울 텐데."

"모든 사람이 때로 도움을 필요로 하지요." 내가 말했다.

"선생님의 친구분은 대단히 훌륭하십니다." 그는 쉰 목소리로 자신 있게 말했다. "무슨 일이 있어도 절대 실패하지 않을 사람이지요. 제가 아는 바로는 그가 수사한 사건 중 미궁에 빠진 사건은 하나도 없었습니다. 그는 수사를 맡으면 대단히 독특하고 성급하게 가설을 만들어내는 경향이 있긴 하지만, 대체로 매우 훌륭한 형사가 될 자질을 충분히 갖추었다고 생각합니다. 제가 이렇게 말했다는 사실을 홈즈 선생이 알아도 괜찮습니다. 아차, 오늘 아침 셜록 홈즈 선생이 제게 전보를 하나 보냈습니다. 그래서 저는 그가 숄토 사건과 관련하여 어떤 중요한 단서를 찾았을 것이라고 생각합니다. 자, 여기 그가 보낸 전보입니다."

그는 주머니에서 전보를 꺼냈다. 전보는 12시에 포플러 우체국에서 보낸 것이었다.

지금 당장 베이커 스트리트로 갈 것. 내가 집에 없다면, 나를 기다릴 것. 현재 숄토 사건의 범인을 추적 중임. 오늘 밤 범인을 체포하는 현장에 동행해도 좋음.

"일이 잘 풀리고 있는 것 같군요. 녀석들의 흔적을 찾은 게 분명합니다." 내가 말했다.

"아하, 그렇다면 지금까지 홈즈 씨도 헤매고 있었다는 말이군요." 존스는 만족스러운 표정으로 말했다. "허허, 제아무리 훌륭한 탐정도 실수할 때가 있나 봅니다. 물론 전보의 내용이 사실이 아닐 수도 있지만 저는 법의 집행관으로서 어떤 제보도 간과해서는 안 될 의무가 있지요. 그런데 누가 올라오는 소리가 들리는군요. 홈즈 씨인가 봅니다."

육중한 발자국 소리가 들렸다. 계단을 오르기가 힘에 부치는지 심하게 숨을 몰아쉬는 것 같았다. 그래도 힘든지 한두 번 자리에서 멈춰 서기도 하다 마침내 방 안에 들어왔다. 예상대로 백발의 노인이었다. 두꺼운 모직 상의를 걸치고 단추를 목까지 채웠는데 차림새로 보아 뱃사람 같았다. 등은 활처럼 굽었는데 무릎을 부들부들 떨고 있었다. 그는 천식 환자처럼 고통스럽게 숨을 헐떡거렸다. 참나무로 만든 두꺼운 지팡이에 몸을 의지한 채 어깨를 들썩이며 힘겹게 숨을 들이쉬었다. 알록달록한 스카프로 턱을 높이 감싸고 있어서 보이는 거라곤 날카롭고 검은 두 눈과 숱이 많은 하얀 눈썹, 회색의 긴 구레나룻뿐이었다. 내가 보기엔 과거에 꽤 훌륭한 일도 많이 했으나 지금은 가난에 시달리는 늙은 선장 같았다.

"어떻게 오셨습니까?" 내가 물었다.

그는 아주 천천히 방 안 여기저기를 둘러보았다. 여느 노인들과 다름없는 행동이었다.

"셜록 홈즈 씨가 누굽니까?" 그가 말했다.

"지금 외출 중입니다. 하지만 제가 그의 대리인이니 하실 말씀이 있으면 저에게 남기시면 됩니다. 제가 전달해드리겠습니다."

"나는 본인한테 직접 말할 거요."

"아까 말했듯이, 제가 바로 그의 대리인입니다. 모드케이 스미스의 증기선 때문에 그러십니까?"

"맞소. 나는 그 배가 어디에 있는지 알고 있소. 그리고 홈즈 씨가 쫓고 있는 남자들이 어디에 있는지도, 보물의 행방도 알고 있소. 홈즈 씨가 찾는 모든 것을 알고 있소."

"그렇다면, 말씀해주시지요. 홈즈 씨에게는 제가 잘 전달하겠습니다."

"관두시오. 내가 직접 말할 거요." 노인은 나이 든 사람들이 대개 그렇듯 자신의 뜻을 절대 굽히지 않았고, 같은 대답만 반복했다.

"알겠습니다. 그럼 홈즈가 돌아올 때까지 여기서 기다리세요."

"그렇게는 못 하겠소. 누구 좋으라고! 내가 왜 언제 올지도 모르는 사람을 하루 종일 기다리고 있어야 하오? 홈즈 씨가 지금 여기 없다면, 혼자서 모든 것을 찾아내라고 하시오. 나는 상관없는 일이니 손해 볼 게 없지. 더구나 당신들에게는 한 마디도 하지 않을 거요."

노인은 발을 질질 끌며 문을 향해 걸어갔다. 그때 애셜니 존스 형사가 그의 앞을 가로막고 섰다.

"노인장, 잠깐만 기다리시죠." 형사가 말했다. "당신은 아주 중요한 정보를 알고 있으니 여기서 한 발짝도 나가지 못합니다. 당신이 원하든 원치 않든 상관없습니다. 홈즈가 돌아올 때까지 우리와 함께 있어야 합니다."

노인은 문 쪽으로 달려가려 했으나 형사가 넓은 등판으로 문을 가로막았다. 그제야 자신이 아무리 저항해도 소용없다는 것을 깨달은 노인은 걸음을 멈추었다.

"도대체 이런 경우가 세상에 어디 있단 말인가!" 노인이 지팡이로 바닥을 쾅쾅 내리치며 큰 소리로 말했다. "나는 셜록 홈즈라는 신사를 만나러 왔어. 헌데! 내 평생 한 번도 본 적이 없는 자네들이 나를 이렇게 가둬두고, 이런 식으로 대접한단 말인가!"

"어르신, 별일 없을 테니 걱정 마십시오." 나는 노인을 안심시키려고 말을 건넸다. "어르신이 낭비한 시간은 저희가 충분히 보상해 드리겠습니다. 자, 여기 소파에 앉아서 기다리시지요. 홈즈 씨는 곧 돌아올 겁니다."

노인은 말없이 뚱한 표정으로 소파에 앉았다. 그리고 한 손으로 턱을 괴고 홈즈를 기다리기 시작했다. 존스와 나는 다시 시가를 피우며 하던 이야기를 계속했다. 그런데 갑자기 홈즈의 목소리가 불쑥 들려왔다.

"나도 시가 한 대 줘."

형사와 나는 몹시 놀라 자리에서 벌떡 일어났다. 홈즈가 은근히 재미있다는 듯 우리 가까이에 떡하니 앉았다.

"홈즈!" 내가 외쳤다. "노인은 어디 가고! 어떻게 자네가 여기에

있는 거지!"

"노인은 여기 있어." 홈즈는 흰 머리털 가발을 들어 올렸다. "노인의 가발과 구레나룻, 눈썹까지 모두 여기 그대로 있어. 내 변장술이 훌륭하다고 짐작은 했지만 자네가 이렇게 감쪽같이 속을 줄은 몰랐어."

"아, 정말 대단한 솜씨군요!" 존스가 몹시 기뻐하며 말했다. "홈즈 씨는 배우가 됐으면 크게 성공했을 겁니다. 강제 노역소에서나 들을 법한 기침 소리와 빈약한 다리로 부들부들 떠는 연기까지 아주 완벽했습니다. 주당 10파운드는 족히 받을 겁니다. 그런데 사실 저는 눈빛 때문에 홈즈 씨라고 예상은 했지요. 허허, 그러고 보니 저를 완전히 속이지는 못했습니다."

"아무튼, 이 차림새로 하루 종일 돌아다녔어." 홈즈가 시가에 불을 댕기며 나에게 말했다. "자네도 알다시피, 이제 웬만한 범죄자들은 대부분 나를 알아보거든. 그리고 자네가 수사 사건을 기록해 책으로 출간한 후부터 더 심해져서 간단한 변장이라도 하지 않으면 밖에 나갈 수 없을 정도야. 참, 형사님, 제가 보낸 전보는 받으셨지요?"

"네, 전보를 보고 온 겁니다."

"수사는 어떻게 진행되고 있습니까?" 홈즈가 물었다.

"모든 노력이 수포로 돌아갔지요. 체포한 일당 중 결정적인 용의자를 포함해 두 명을 석방했고, 다른 사람들의 혐의도 아직 입증하지 못한 상황입니다."

"이제 걱정 안 하셔도 됩니다. 제가 곧 두 명의 진짜 범인을 넘겨드리겠습니다. 범인을 체포한 공로는 형사님이 누리셔도 좋습니다. 대신 지금부터 제 지시대로 움직여주셔야 합니다. 괜찮겠습니까?"

"괜찮다마다요. 범인을 내 손으로 체포하게만 해준다면 뭐든 할 수 있습니다."

"그러면 먼저, 경비정 중에 가장 빠른 증기선 하나를 찾아서 7시 정각에 웨스트민스터 선착장으로 보내주십시오."

"간단한 일입니다. 경비선은 항상 대기 중이지요. 하지만 만일의 경우를 대비해 밖에 나가서 경비선에 미리 전화 연락을 해두겠습니다."

"그리고 범인들이 저항할 수 있으니 믿을 만한 장정 두 사람도 필요합니다."

"좋습니다. 경비선 내에 두세 명의 장정을 배치해놓겠습니다. 또 다른 건 없습니까?"

"범인들을 잡으면 보물도 함께 찾게 될 겁니다. 그러면 보물의 절반을 가질 권리가 있는 모스턴 양에게 여기 이 친구가 직접 보물 상자를 건네주도록 하고 싶습니다. 괜찮겠지, 왓슨?"

"그렇게 해준다면 나한테는 큰 영광이지." 내가 대답했다.

"그건 규정에서 많이 어긋나긴 합니다만," 존스가 머리를 좌우로 흔들며 말했다. "뭐, 이번 사건이 워낙 특이하니 어쩔 수 없지요. 좋습니다. 눈감아주겠습니다. 대신 그 후에 조사를 위해 경찰 당국에 보물을 반드시 넘겨야 합니다. 알겠지요?" 형사가 홈즈에게 물었다.

"물론, 그렇게 하는 거야 뭐 어렵겠습니까. 아차, 한 가지 더 부탁할 게 있습니다. 저는 이번 사건에 관한 이야기를 조녀선 스몰에게서 직접 듣고 싶습니다. 제가 맡은 사건이니, 끝까지 책임지고 싶어서 그럽니다. 여기 이 방에서든 다른 곳에서든 범인과 비공식적인 면담을 하겠습니다. 경비만 확실히 세운다면 문제 될 게 없습니다. 어떻게 생각하십니까?"

"좋습니다. 당신이 이 사건의 지휘관이니 당신에게 끝까지 맡기겠습니다. 더구나 나는 아직 조녀선 스몰이란 자가 실제로 존재한다는 확신도 없으니 만일 그자를 잡게 된다면 비공식 면담을 막을 권리가 없지요."

"그렇다면 이의 없는 걸로 알겠습니다."

"좋습니다. 또 다른 사항은 없습니까?"

"마지막 요구 사항인데 우리와 저녁 식사를 함께 하시지요. 30분 내에 준비됩니다. 굴과 꿩 요리에 꽤 괜찮은 화이트 와인도 곁들일 겁니다. 왓슨, 살림꾼으로서의 내 솜씨를 제대로 한번 발휘해볼 테니 기대하라구."

The End of the Islander

제10장 원주민의 최후

우리는 아주 즐겁게 저녁 식사를 했다. 홈즈는 기분이 좋으면 말을 상당히 많이 하는 버릇이 있는데, 그날 밤 그랬다. 몹시 기고만장하고 흥분해 있었다. 나는 지금까지 이렇게 밝은 모습의 홈즈는 처음 보았다. 그는 여러 가지 주제에 관해 빠른 속도로 끊임없이 이야기했다. 그것도 각각의 주제를 전문적으로 연구한 사람처럼 상세하게, 기적극과 중세 도자기와 스트라디바리의 바이올린과 실론의 불교 그리고 미래의 군함 등에 대해 이야기했다. 지난 며칠간 겪었던 우울증의 반작용으로 보였다. 여유 있게 식사를 즐기는 동안 애셜니 존스는 자신의 사교적인 성격을 마음껏 뽐냈고 미식가처럼 행동했다. 나의 경우, 우리의 수사가 막바지에 달한 것 같다는 생각에 의기양양해져 있었고 홈즈의 쾌활함이 내게도 전염되었는지 잔뜩 들뜬 기분이었다. 마치 약속이나 한 듯, 식사를 하는 동안 어느누구도 이번 사건에 대해서는 언급하지 않았다. 식사가 끝난 후 홈즈는 자신의 시계를 힐끗 쳐다보고는 세 개의 유리컵에 포트와인을 따랐다.

"건배! 마지막 남은 수사의 성공을 위하여!" 홈즈가 말했다. "이제 나갑시다. 왓슨, 권총 가지고 있지?"

"책상 서랍에 낡은 군용 리볼버가 하나 있어."

"그럼 그거라도 챙기는 게 좋겠어. 어떤 일에든 유비무환의 자세가 필요해. 마침 마차가 집 앞에 도착했군. 6시 반까지 이곳으로 오라고 미리 일러두었거든."

우리는 7시 조금 넘어서 웨스트민스터 선착장에 도착했고, 우리를 기다리는 증기선 한 척을 찾아냈다. 홈즈는 배를 타기에 앞서 먼저 정밀하게 증기선을 관찰했다.

"이 배에 경비정이라는 표시는 없나?"

"옆에 초록색 램프가 달려 있습니다."

"그렇다면 그걸 떼고 출발합시다."

우리는 초록색 램프를 없앤 후 배에 탑승했다. 존스와 홈즈 그리고 나는 선미船尾에 앉았다. 한 남자가 배 키를 잡고 있었고, 다른 한 사람은 엔진을 맡았다. 그리고 두 명의 건장한 경위가 앞쪽에 서 있었다.

"어디로 가는 겁니까?" 존스가 물었다.

"런던탑으로. 제이콥슨 조선소 건너편에서 멈추라고 전해주십시오."

경비정은 매우 빠른 속도로 물 위를 달렸다. 여러 대의 바지선이 짐을 가득 싣고 앞서 가고 있었으나 얼마 못 가 우리에게 따라잡혔다. 우리 배가 앞질러 내달릴 때 바지선들은 마치 그 자리에 정박해 있는 것처럼 보였다. 다른 배들을 따라잡을 때마다 홈즈는 흐뭇한 미소를 지었다.

"강 위에 있는 어떤 것도 따라잡을 기세군." 홈즈가 말했다.

"글쎄, 꼭 그렇지는 않겠지만 그래도 지금 강 위를 달리는 증기선 중에는 우리 배가 가장 빠른 것 같긴 해."

"반드시 오로라호를 따라잡아야 해. 오로라호는 쾌속 범선으로 소문나 있어. 왓슨, 오늘 무슨 일이 있었는지 말해줄게. 자네가 직접 봐서 알겠지만, 지난 며칠간 난 사소한 퍼즐 하나를 찾지 못하는 바람에 꼼짝없이 집 안에 묶여 있었어. 답답해 미칠 것 같았지."

"잘 알고 있어."

"그런데 화학 실험에 몰두한 덕분에 정신적으로 완벽한 휴식을 취할 수 있었어. 위대한 정치가가 이런 말을 했지. '최고의 휴식은, 지금 하고 있는 일을 멈추고 다른 일을 하는 것이다.' 나는 그 말에 전적으로 동의해. 탄화수소실험에 성공한 후, 다시 숄토 사건으로 돌아와 지금까지 일어난 일들을 처음부터 다시 생각해보았지. 우리 애들이 강을 오르내리며 샅샅이 조사했지만 어떤 결과도 얻지 못했고, 증기선은 어느 선착장에도 정박해 있지 않은 데다 스미스 씨의 선착장으로 돌아오지도 않았어. 또 자신들의 흔적을 없애기 위해 배를 침몰시켰을 리는 없어. 물론 다른 모든 가정이 잘못될 경우를 대비해 배가 침몰됐을 가능성도 완전히 배제하지는 않았지만 말이야. 나는 이 스몰이라는 작자가 어느 정도 간교한 잔꾀는 부릴 수 있지만 고등교육을 받은 사람처럼 섬세하고 고차원적인 술수는 쓰지 못할 거라고 생각했어. 그래서 그가 런던에서 어느 정도 머물렀을 거라고 판단했어. 폰디체리 저택을 지속적으로 주시하고 있었기 때문에 곧장 런던을 떠날 수는 없었을 거야. 신변 정리를 위해 최소한 하루의 시간은 필요했을 거라는 말이지. 지금까지 확인된 증거들을 고려하면 그래."

"내가 보기엔 좀 억지스럽군. 범행을 저지르기 전에 미리 신변 정리를 해두었을 가능성이 더 크지 않아?"

"아니야, 그렇지 않아. 스몰은 만약의 사태에 대비해 은신처가 더 이상 필요하지 않다는 확신이 생길 때까지 그곳을 정리하지 않았을 거야. 그리고 이런 생각도 했겠지. 공범의 생김새가 특이하기 때문에 아무리 위장을 한다 해도 결국 다른 사람들의 눈에 띨 거고, 그렇게 되면 자신들이 노우드 사건과 어떤 연관이 있을 거라는 소문이 퍼질 수도 있다고 말이야. 그 정도의 명민함은 갖춘 녀석이기 때문에 범인들은 날이 어두워진 뒤에 은신처를 향해 떠났을 거야. 아마 날이 밝기 전에 도착하길 바랐겠지. 한데 스미스 부인의 말에 의하면 놈들이 배를 빌려 간 시간은 새벽 3시 이후라고 했어. 그때쯤이면 벌써 어둠이 걷히고, 한 시간만 지나도 여기저기서 사람들이 모여들기 시작하지. 그래서 내가 놈들이 그리 멀리 달아나지는 못했을 거라고 주장했던 거야. 범인들은 거액을 주고 스미스 씨의 입을 막았고, 마지막 도주를 위해 오로라호를 다른 곳에 보관한 후 보물 상자를 들고 서둘러 은신처로 향한 거지. 이틀 동안 그들은 틈틈이 신문을 통해 이번 사건의 수사 상황과 형사가 자신들을 쫓고 있는지 여부를 확인했을 거야. 그리고 그레이브젠드 항이나 다운스 항에 가서 배를 타고 미국이나 다른 식민지 국가로 떠날 계획도 미리 세웠겠지."

"오로라호는 어떻게 한 거지? 배를 은신처까지 가져가지는 못했을 텐데."

"바로 그거야. 어제까지도 오로라호를 찾지 못했지만, 나는 배가 그리 멀지 않은 곳에 있을 거라고 생각했어. 그리고 스몰의 입장에서, 그의 눈높이에서 이 상황을 다시 살펴보았어. 증기선을 스미스 씨의 선착장으로 되돌려 보내거나 다른 선착장에 정박해둔다면 경찰이 자신들의 위치를 쉽게 추적할 거라고 생각했겠지. 그렇다면 스몰은 증기선을 어떻게 숨겼을까, 또 어디에 숨겨야 필요할 때 손쉽게 되찾을 수 있을까? 스몰이라면 이렇게 했겠지. 오로라호를 조선소나 선박 수리소에 맡기는 거야. 사소한 수리를 요청하면서 말이야. 그러면 배를 효과적으로 감추는 동시에, 필요할 때면 언제든 쉽게 되찾을 수 있지."

"너무 간단해 보이는군."

"맞아. 하지만 이렇게 간과하기 쉬운 간단한 정보들이 수사에 결정적인 역할을 하는 법이지. 나는 그 간단한 단서를 가지고 수사를 다시 시작하기로 결정했어. 곧장 선원으로 변장하고 강 하류에 있는 모든 조선소를 샅샅이 뒤졌어. 열다섯 군데에 들렀지만 모두 허사였어. 그런데, 열여섯 번째 들른 '제이콥슨' 조선소에서 마침내 오로라호를 찾아낸 거야.

조선소 감독은 이틀 전에 의족을 한 사내가 찾아와 아주 사소한 방향키 수리를 부탁하면서 오로라호를 그곳에 맡겼다고 하더군. 그가 '그런데 배의 방향키에는 전혀 이상이 없었습니다. 저기, 빨간 줄이 있는 배가 오로라호입니다'라고 말하는 순간 누군가 술에 잔뜩 취해 이쪽으로 걸어왔어. 그가 바로 우리가 찾던 모드케이 스미스였어! 물론 첫눈에 그 고주망태가 스미스 씨인 줄은 몰랐어. 그가 조선소 감독에게 자신의 이름과 배 이름을 말하는 것을 듣고 알았지. '오늘 밤, 8시 정각에 배를 찾을 거요. 정확히 8시요. 두 신사분들이 기다리고 있으니 절대 늦어서는 안 된다구!' 그는 큰 소리로 떠들어댔어. 수리비를 지불한다며 주머니에서 은화를 잔뜩 꺼내 마구 뿌린 걸 보면 범인들에게 막대한 돈을 받은 게 분명해.

아무튼 나는 조선소를 떠나는 그의 뒤를 밟았지. 그런데 그는 녀석들의 은신처가 아닌 선술집으로 들어가더군. 나는 거기서 미행을 중단하고 다시 조선소로 향했어. 가는 길에 우연히 우리 애 하나를 만났어. 나는 녀석에게 여기서 증기선을 감시하고 있다가 증기선이 출발할 때 손수건을 흔들라고 지시를 내렸어. 우리 경비정은 조선소와 조금 떨어진 곳에 정박할 거야. 이렇게 치밀한 계획을 세웠는데 범인을 못 잡는다면 그야말로 이상한 일이지. 반드시 범인과 보물, 둘 다 찾을 거야."

"수사망을 촘촘하게 짰군요." 존스가 입맛을 다시며 말했다. "홈즈 선생이 잡으려는 자들이 실제 범인인지는 모르겠지만, 만일 내가 이번 수사를 주도했다면 제이콥슨 조선소에 경찰 병력을 대대적으로 배치했을 겁니다. 그리고 범인들이 조선소에 나타나면 그때 놈들을 체포하는 거지요."

"절대 불가능합니다. 스몰이라는 자는 아주 약삭빠른 녀석이라 절대 섣불리 움직이지 않습니다. 먼저 사람을 보내 조선소의 상황을 염탐하게 한 후 의심스러운 점이 하나라도 있다면 또다시 숨어버릴 겁니다."

"그런데 왜 모드케이 스미스의 뒤를 끝까지 쫓지 않았지? 그랬다면 은신처를 파악할 수 있었을 텐데 말이야." 내가 말했다.

"그러려면 하루 종일 기다려야 했을 거야. 시간 낭비지. 그리고 스미스 씨는 십중팔구 그들의 은신처를 모르고 있을걸. 몇 날 며칠 술독에 빠져 지낼 수 있을 만큼 수고비를 두둑하게 챙겼으니 신사 양반들이 어디에 사는지 따위는 안중에도 없었을 거야. 물어보지도 않았을 거란 말이지. 범인들은 용건이 있을 때마다 사람을 보내 스미스 씨에게 지시를 내렸을 거야. 모든 정황을 파악한 결과 이게 최선이었어."

이런 대화를 나누는 사이 경비정은 템스 강 위의 수많은 다리를 빠른 속도로 통과해나갔다. 도심을 빠져나올 즈음, 석양빛에 세인트폴 성당 꼭대기의 십자가가 반짝반짝 빛났고, 경비정이 런던탑에 도착할 때는 이미 땅거미가 지고 있었다.

"저기가 제이콥슨 조선솝니다." 홈즈는 서리 주 쪽으로 삐죽 솟은 돛대 하나를 가리키며 말했다. "경비정이 눈에 띄지 않도록 저 거룻배들 사이를 천천히 오르락내리락하며 기다립시다." 홈즈는 주머니에서 야간 쌍안경을 꺼내 이따금 물가를 확인했다. "잠복 중인 우리 소년 보초가 보이는군." 그가 말했다. "그런데 아직 손수건 신호는 없어."

"이렇게 해보면 어떨까요, 지름길을 통해 우리가 강 하류에 먼저 도착해서 그곳에 잠복하는 겁니다. 거기서 녀석들을 기다리는 거죠." 존스 형사가 진지하게 말했다.

사실 형사뿐 아니라 배에 탄 모든 사람이 진지했다. 심지어 영문도 모른 채 동원된 경찰관들과 하급 선원들조차 심각한 표정이었다.

"지금은 절대 어느 것도 장담해서는 안 됩니다." 홈즈가 설명했다. "범인들이 강 하류로 이동할 가능성이 크지만, 확실하진 않습니다. 이곳에서 우리는 조선소 출입구를 볼 수 있는 반면 그들은 우리를 발견하기 힘들지요. 오늘 밤은 구름 한 점 없이 맑아서 달빛이 사방을 환히 비출 겁니다. 이곳에서 기다려봅시다. 저기 가스등 아래 사람들이 떼로 모여 있군요."

"조선소에서 일을 마치고 돌아가는 직원들 같아."

"지저분한 하층민들처럼 보이는군. 하지만 나는 모든 사람의 가슴에 절대 꺼지지 않는 작은 불꽃 하나가 숨겨져 있다고 생각해. 겉모습만 보고 연역적으로 결론을 단정 지어서는 안 되지. 인간은 그 자체로 대단히 불가사의한 동물이거든." 홈즈가 말했다.

"누군가 인간을 영혼이 깃든 동물이라고 했지." 내가 덧붙였다.

"윈우드 리드가 그 주제를 아주 잘 다뤘어. 그는 이렇게 말했지.

'개인은 풀리지 않는 수수께끼 같지만, 무리 속에서 개인은 수학적인 확실성을 갖춘 존재다.' 예컨대 우리는 한 개인의 행동은 예측할 수 없지만, 평균적인 사람들의 행동에 대해서는 정확히 예측할 수 있어. '개인은 다양하지만 백분율은 일정하다.' 이것이 바로 통계학자의 주장이야. 그런데 저기 펄럭이는 거, 혹시 손수건 아냐? 틀림없군. 저기 저쪽을 봐, 하얀 천이 펄럭이고 있어!"

"맞아, 자네 부하 녀석이 맞아! 아주 잘 보여." 내가 외쳤다.

"그리고 저건, 오로라호다!" 홈즈가 큰 소리로 말했다. "드디어 오로라호가 출발하는군! 대단히 빠른 속도야! 기관사! 지금부터 전속력으로 달리시오! 노란 램프를 매단 저 증기선의 뒤를 쫓아요! 행여 오로라호를 잡지 못한다면 나 자신을 절대로 용서하지 못할 거야!"

오로라호는 눈에 띄지 않게 조선소 입구를 빠져나온 뒤 두세 척의 작은 보트 사이를 통과하고 있었다. 그리고 우리의 눈에 띄기 전에 벌써 속도를 높인 상태였고, 지금은 강물 위를 쏜살같이 달리고 있었다. 존스 형사는 정색하며 증기선을 바라보았다.

"너무 빨라요." 존스 형사가 고개를 저으며 말했다. "따라잡을 수 있을지 모르겠군요."

"무슨 일이 있어도 반드시 따라잡아야 합니다!" 홈즈가 이를 악물고 말했다. "화부! 석탄을 가득 채우게! 전속력으로 달려! 배를 태워먹는 한이 있어도 반드시 따라잡아야 해!"

우리는 오로라호 뒤를 바짝 쫓았다. 용광로는 무서운 기세로 활

활 타올랐고, 강력한 증기기관은 커다란 금속 심장처럼 철커덕 소리를 내며 빠른 속도로 움직였다. 가파르고 날렵한 뱃머리가 고요한 강물을 가르며 좌우로 출렁거리는 물너울을 일으켰다. 엔진이 부르릉 진동할 때마다 마치 배가 살아 있는 양 상하좌우로 흔들렸고, 뱃머리에 걸린 커다란 노란색 램프 불빛이 앞길을 길게 비추어나갔다. 오른쪽 앞으로 흐릿하게 보이는 시커먼 형체가 오로라호였다. 배가 얼마나 빠른 속도로 달렸는지 오로라호가 지나간 자리마다 새하얀 포말 소용돌이가 일었다. 우리도 속력을 높여 여러 척의 바지선과 증기선, 상선들 사이를 빠져나갔다. 어둠 속에서 다른 배에 탄 사람들이 우리를 향해 환호성을 질렀다. 오로라호는 아랑곳하지 않고 무섭게 질주했고, 우리는 계속해서 오로라호 뒤를 바짝 따라갔다.

"석탄을 더 넣어요! 화부, 석탄을 더 넣으란 말이오!" 홈즈가 몸을 숙여 아래쪽에 있는 기관실을 향해 소리쳤다. 사납게 타오르는 화염 빛이 홈즈의 날카로운 얼굴을 비추었다. "증기를 최대한으로 뽑아내야 합니다!"

"이제 좀 가까워졌군." 존스가 오로라호를 주시하며 말했다.

"확실히 그렇군요." 내가 말했다. "곧 따라잡겠는데요."

그런데 그 순간 무슨 운명의 장난인지 바지선 세 척을 뒤에 매단 예인선이 우리와 오로라호 사이에 끼어들었다. 다행히 선장이 키를 홱 잡아당겨서 간신히 충돌은 피했다. 하지만 예인선을 돌아서 다시 속도를 회복했을 때, 오로라호는 200미터는 족히 앞서 나가고 있었다. 그래도 아직 눈에 잘 보이는 거리였고, 어느새 어두컴컴하고 희미한 황혼 빛이 사라지고 별이 빛나는 맑은 밤이 되었다. 화부들은 온 힘을 다했고, 배는 강렬한 증기를 내뿜으며 고속으로 질주했다. 무서운 속도에 선체가 심하게 흔들리고 삐걱거렸다. 경비정은 풀을 관통하고, 서인도 부두를 지나, 런던 근교의 긴 뎃퍼드 곶 아래로 한참을 내려가다가 개들의 섬을 돌아 다시 올라왔다. 날이 밝으면서 우리 앞을 지루하게 내달렸던 어두운 형체가 어느새 오로라호의 날렵한 모습을 드러내고 있었다. 존스 형사가 탐조등의 방향을 바꾸어 오로라호를 비추자, 갑판 위에 있는 범인들의 모습이 뚜렷이 보였다. 한 사내가 선미에 앉아 있었다. 그의 무릎 사이로 검은 물체가 보였고, 사내는 그 물체 위로 몸을 굽혔다. 그 옆에 시커먼 덩어리 같은 것이 눈에 띄었다. 흡사 뉴펀들랜드종의 개 같았다. 스미스 씨의 아들로 보이는 소년이 키를 잡고 있었고, 시뻘겋게 달아오른 화로 앞에 늙은 스미스 씨도 보였다. 그는 상의를 벗고 죽을힘을 다해 석탄을 퍼 넣고 있었다. 처음에는 우리 배가 정말로 자신들을 쫓고 있는지 긴가민가했겠지만, 우리가 끈질기게 따라붙자 더 이상 의심의 여지가 없다는 사실을 깨달은 것이다. 그리니치에 다다랐을 때 경비정은 오로라호와 300보 정도로 거리를 좁혔고, 블랙월에서는 250보까지 가까워졌다. 우리는 그야말로 템스 강을 미친 듯 달리며 추격전을 벌이고 있었다. 나는 그동안 여러 나라를 돌아다니며 숱한 사냥을 경험했지만, 어떤 사냥에서도 이처럼 박진감 넘치는 전율을 맛보지 못했다. 우리는 서서히 거리를 좁혀갔다. 밤의 적막 속에서 오로라호의 엔진 소리만 크게 들렸다. 선미에 있던 사내는 여전히 갑판 위에 몸을 웅크린 채 두 팔을 분주히 움직이고 있었다. 그러다가 이따금 고개를 들어 우리 배와의 간격을 확인했다. 점점 더 가까워지고 있었다. 존스 형사가 그들을 향해 멈추라고 소리쳤다. 두 배 모두 엄청난 속력으로 달리고 있었고, 간격은 배 네 척 거리로 바짝 좁혀졌다. 이제 강 유역이 선명하게 보였다. 한쪽 강변에는 바킹 평지가, 다른 쪽 강변에는 음산한 플럼스테드 습지대가 펼쳐져 있었다.

배를 세우라고 우리가 외치자, 선미에 있던 사내가 갑판 위로 벌떡 일어나더니 두 주먹을 불끈 쥐고는 우리를 향해 갈라진 고음의 목소리로 욕설을 퍼부었다. 그는 몸집이 제법 크고 힘이 세 보였다. 두 다리를 떡 벌린 채 균형을 잡고 서 있었는데, 자세히 보니 오른쪽 다리 허벅지 아랫부분에 나무로 만든 의족이 채워져 있었다. 그가 불쾌한 소리로 고함을 지르자, 갑판 위에 웅크리고 있던 검은 덩어

The Sign of Four

리가 꿈틀대더니 서서히 몸을 일으켜 세웠다. 검은 물체는 아주 자그마한 남자로 변했다. 내 평생 그렇게 작은 남자는 처음 보았다. 얼굴은 매우 기형적으로 생겼고, 머리카락은 곱슬곱슬하고 부스스했다. 또 작은 눈에는 음침한 빛이 이글거렸다. 홈즈는 벌써 리볼버를 꺼내 들었다. 이 야만스럽고 기형적으로 생긴 창조물이 보는 가운데 나도 리볼버를 급히 꺼냈다. 녀석은 외투인지, 담요인지 모를 검은 천으로 몸을 감고 있어서 눈에 보이는 거라곤 얼굴뿐이었지만 그것만으로도 상대방을 공포에 떨게 만들기에 충분했다. 나는 지금까지 살면서 수많은 형태의 얼굴을 보아왔지만 이처럼 잔인하고 야수 같은 모습이 도드라진 얼굴은 처음이었다. 그는 뒤집어진 입술 사이로 누런 이를 보이며 우리를 향해 짐승 같은 난폭함을 드러냈다.

"녀석이 손을 올리면 바로 총을 쏴."

홈즈가 낮은 목소리로 말했다.

이제 녀석들과의 간격은 나룻배 한 척 거리, 곧 손에 잡힐 정도로 가까워졌다. 범인들의 모습이 더욱 또렷이 보였다. 백인이 다리를 크게 벌리고 서서 고래고래 온갖 욕설을 퍼붓는 동안, 흉측하게 생긴 난쟁이는 탐조등 불빛 아래서 섬뜩한 표정으로 우리를 노려보며 튼튼하고 누런 이를 갈았다.

맑은 날씨 덕분에 범인의 행동을 명확히 볼 수 있어서 천만다행이었다. 난쟁이는 덮고 있던 담요 아래서 학습용 자처럼 생긴 작고 둥근 나뭇조각을 꺼내더니 순식간에 입술에 갖다 댔다. 홈즈와 나는 동시에 총을 쏘았다. 난쟁이는 두 팔을 허공에 휘저으며 그 자리

에서 한 바퀴 빙 돌더니 숨이 막히는 듯 컥컥거리는 기침 소리를 냈다. 그러고는 강물 속으로 풍덩 빠져버렸다. 독기 가득한 위협적인 눈빛이 번쩍이더니 하얀 물거품 속으로 이내 사라졌다. 그 순간 나무 의족을 한 범인이 재빨리 뛰어가 직접 배의 키를 잡고는 아래쪽으로 힘껏 끌어당겼다. 곧장 남쪽 강기슭으로 향하려는 속셈이었다. 우리도 서둘러 속도를 높였다. 바로 몇 미터 뒤까지 쫓았지만 오로라호는 벌써 강기슭에 도착했다. 황폐하고 고립된 넓은 습지대 위로 희미한 달빛이 비쳤다. 고인 물웅덩이와 부패한 식물 더미가 여기저기 눈에 띄었다. 오로라호는 쿵 하는 둔탁한 소리를 내며 진흙 둑 위로 올라섰고 선두는 허공에, 선미는 흙탕물 속에 처박혔다. 범인은 달아나려고 황급히 배에서 뛰어내렸지만 의족이 진흙탕 속에 깊이 푹 빠져버렸다. 그는 의족을 빼내려고 안간힘을 다했지만 한 발자국도 움직이지 못했다. 꼼짝할 수 없는 상황에 스몰은 분노하여 괴성을 질러대며 미친 듯이 성한 다리로 진흙을 마구 걷어찼다. 하지만 몸부림칠수록 의족을 한 다리는 질퍽한 진흙 속으로 더 깊이 빠져 들어갔다. 이윽고 우리 경비정을 오로라호 옆에 댔을 때, 범인은 헤어 나올 수 없을 정도로 심각한 곤경에 처해 있었다. 우리는 마치 고약한 물고기를 잡는 것처럼 그의 어깨 위로 밧줄을 던졌다. 스몰이 밧줄을 잡았고 우리는 녀석을 진흙 속에서 끌어 올렸다. 한편 스미스 부자는 부루퉁한 표정으로 증기선에 앉아 있다가, 형사의 명령에 따라 경비정으로 순순히 이동했다. 우리는 오로라호의 뱃머리를 돌려 경비정에 단단히 묶었다. 조사를 위해 오로라호에 올라타자 갑판 위에 인도풍의 튼튼한 철제 상자가 보였다. 분명 숄토 형제의 불길한 보물이 담긴 상자였다. 그런데 상자는 자물쇠로 잠겨 있었고 열쇠는 어디에도 없었다. 상자를 들어보니 꽤 무거웠다. 우리는 조심해서 경비정의 선실로 옮겨 실었다. 경비정은 다시 증기를 내뿜으며 강 상류를 향해 달렸다. 탐조등으로 강물 위를 여기저기 비추었지만 안다만 제도에서 온 야만인은 어디에도 보이지 않았다. 템스 강 바닥 어딘가에 영국을 방문한 기이한 손님의 시체가 묻혀 있을 것이다.

"여길 봐봐." 홈즈가 갑판의 목제 문을 가리키며 말했다. "우리가 조금만 늦게 총을 쏘았더라면 큰일 날 뻔했군."

홈즈의 말이 맞았다. 우리가 난쟁이 녀석과 대치할 때 서 있던 곳 바로 뒤에 녀석의 살인 무기인 독침이 꽂혀 있었다. 총을 쏘는 순간 녀석의 독침이 우리 두 사람 사이로 날아와 문에 박힌 것이 틀림없었다. 홈즈는 독침을 보며 아무렇지 않은 듯 어깨를 으쓱해 보였다. 또 가볍게 빙긋 웃어 보이기까지 했다. 하지만 솔직히 말해서, 나는 그때 소름 끼치게 무서웠다. 하마터면 그날 밤 우리 두 사람의 목숨이 끊어졌을 수도 있었으니 말이다.

The Great Agra Treasure

제11장 아그라 보물 상자의 비밀

우리의 포로는 선실에 앉았고, 그 앞에 철제 상자가 놓였다. 녀석이 오랜 시간 갖은 노력을 다해 되찾고자 했던 바로 그 상자였다. 그는 햇볕에 심하게 그을린 얼굴에 수염을 기르고 눈빛이 험악한 친구였는데, 힘든 야외 노동을 오래 한 탓인지 얼굴은 온통 주름으로 가득했다. 툭 튀어나온 턱 때문에 한번 목표로 삼은 것은 절대 포기하지 않는 강한 인상을 풍겼다. 검은 곱슬머리 사이사이로 짧은 흰머리가 많이 나 있는 것으로 미루어 쉰 살은 돼 보였다. 진흙탕에서 빠져나온 후 안정을 되찾은 그의 얼굴은 이제 더 이상 보기 흉하지 않았다. 비록 그 두꺼운 눈썹과 공격적으로 튀어나온 턱이 화가 나면 얼마나 무시무시하게 변하는지 내가 직접 겪어봐서 알지만 말이다. 그는 수갑을 찬 손을 무릎 위에 올려놓은 채 고개를 깊숙이 떨어뜨리고 앉아 있었다. 그의 눈은 지금까지 모든 악행을 저지르게 만든 철제 상자를 향해 희미하게 반짝였고, 침착하고 굳은 표정에서는 분노보다는 슬픔이 더 많이 느껴졌다. 그가 잠깐 고개를 들었을 때 나와 눈이 마주쳤는데, 그 눈빛에 뭔지 모를 미소가 엿보였다.

"조녀선 스몰 씨, 일이 이렇게 돼서 유감이군요." 홈즈가 시가에 불을 댕기며 말했다.

"마찬가집니다." 그가 솔직하게 대답했다. "하지만 내가 이번 사건으로 교수형을 당하는 일은 없을 겁니다. 맹세코 나는 절대 숄토 씨를 공격하지 않았으니까요. 지옥의 사냥개 같은 통가가 독침을 쏘아 숄토 씨를 죽인 겁니다. 나는 이번 살인 사건과는 아무런 관련이 없습니다. 숄토 씨가 죽었을 때 나도 마음이 아팠지요. 마치 내 가족이 죽은 것처럼 말입니다. 그래서 밧줄 끝으로 작은 악마를 후려치기까지 했습니다. 하지만 이미 일어난 일을 돌이킬 수는 없었습니다."

"자, 시가 한 대 피우시겠소?" 홈즈가 시가를 건넸다. "그리고 이

건 위스키입니다. 몸이 많이 젖은 것 같은데 한 모금 쭉 들이켜면 좋을 거요. 그런데 당신이 밧줄을 타고 올라가는 동안 그렇게 작고 힘이 없는 친구가 어떻게 숄토 씨를 제압할 수 있었습니까?"

"선생님은 마치 현장에 있었던 것처럼 상황을 잘 아는군요. 진실은 이렇습니다. 나는 그 방을 샅샅이 뒤지려고 했습니다. 집 안 사정을 훤히 꿰고 있었기 때문에 숄토가 언제

저녁 식사를 하려고 아래층에 내려가는지 알고 있었지요. 참고로 지금 내가 하는 말은 모두 사실입니다. 그날 있었던 일을 하나도 빠짐없이 얘기하겠습니다. 진실만이 최선의 방어니까요. 아무튼, 그 사람이 늙은 숄토 소령이라면 나는 가벼운 마음으로 교수대에 오르겠습니다. 나에게는 시가를 피우는 것보다 그자를 죽이는 일이 더 쉽습니다. 하지만 숄토의 아들에게는 아무 원한이 없습니다. 그런데 이렇게 체포되다니, 정말 괴롭군요."

"무슨 얘긴지 알겠습니다. 이번 사건은 런던 경찰국의 애슬니 존스 형사가 담당하고 있습니다. 그가 당신을 우리 숙소로 데려갈 겁니다. 사건과 관련된 몇 가지 중요한 질문을 할 테니 반드시 모두 털어놓아야 합니다. 그러면 내가 당신에게 도움을 줄 수 있을 겁니다. 독이 숄토의 몸에 빠르게 퍼져서 당신이 방에 들어오기 전에 이미 사망했다는 사실을 밝혀낼 수도 있습니다."

"아니, 정말 그랬습니다! 선생님, 내가 밧줄을 타고 올라가 창문에 도착했을 때 숄토 씨가 고개를 옆으로 떨군 채 이상한 미소를 짓고 있었는데, 내 평생 그런 끔찍한 표정은 처음이었습니다. 거의 기절할 뻔했지요. 검은 악마가 재빨리 도망가지 않았다면 녀석을 그 자리에서 반쯤 죽여놨을 겁니다. 그때 통가가 서둘러 달아나는 바람에 지팡이처럼 생긴 무기와 독침 상자를 떨어뜨리고 왔다고 말했어요. 주제넘은 말이긴 하지만, 내가 추측하기에 선생님이 그 물건들을 찾은 덕분에 우리 뒤를 쫓을 수 있었던 것 같습니다. 뭐, 그럴 수도 있다는 추측일 뿐입니다. 선생님에 대한 원한은 추호도 없습니다. 생각해보면 참 희한한 운명이지요." 그는 쓴웃음을 지어 보였다. "50만 파운드에 대한 정당한 권리를 가진 내가 안다만 제도의 방파제 짓는 일에 반평생을 보냈는데, 이제 다트무어에서 땅 파는 일에 남은 반평생을 써야 한다니, 정말 기가 막힙니다. 아흐메트라는 상인을 만나고 처음 아그라의 보물 이야기를 들었던 그날, 그때가 내 인생에서 가장 불운한 날이라고 생각합니다. 아그라의 보물은 저주받은 물건입니다. 그 보물 때문에 아흐메트는 살해당했고, 그 보물 때문에 숄토 소령은 죄책감과 두려움에 시달렸지요. 나 역시 남은 생을 또다시 노예처럼 살게 되었습니다."

그때 애셜니 존스 형사가 자신의 얼굴과 커다란 어깨를 비좁은 선실 안으로 들이밀며 말했다.

"아주 오붓한 분위기군요. 홈즈 선생, 나도 위스키 한 모금 하고 싶소. 자, 서로의 성공을 축하해줍시다! 안타깝게도 또 다른 범인은 죽었지만, 뭐 어쩔 수 없지요. 홈즈 선생의 실력은 정말 대단했습니다. 우리는 오로라호를 따라잡기만 하면 됐습니다."

"모두의 도움으로 좋은 결과를 얻을 수 있었습니다." 홈즈가 말했다. "그런데, 오로라호가 그렇게 빠른지 전혀 몰랐습니다."

"스미스 씨는 자신의 배가 런던에서 가장 빠른 배라고 하더군요. 기관실에 조수가 있었다면 절대 따라잡지 않았을 거라고, 또 노우드 사건에 관해서는 전혀 아는 바가 없다고 말했습니다." 존스 형사가 말했다.

"맞습니다. 그는 아무것도 모릅니다. 나는 그의 배가 런던에서 가장 빠르다는 소문을 듣고 찾아갔지요. 우리에 대해서도, 사건에 대해서도 말하지 않았습니다. 대신 돈은 충분히 챙겨주었어요. 그리고 브라질로 출항하는 에스메랄다호를 타게 해준다면 사례금을 두둑이 챙겨주기로 약속했습니다."

"글쎄, 그에게 죄가 없다면 벌을 받지 않을 겁니다. 우리는 범인을 잡는 일에는 신속하지만, 벌주는 데는 신중하니 걱정 마십시오." 잘난 체하기 좋아하는 존스 형사는 범인을 체포했다고 벌써부터 거드름을 피우기 시작했다. 나도 모르게 웃음이 났고, 홈즈도 형사의 말을 들었는지 얼굴에 엷은 미소를 보였다.

"조금 있으면 박스홀 다리에 도착할 거요." 형사가 말했다. "왓슨 박사는 보물 상자를 가지고 내리시죠. 무슨 일이 생기면 모든 책임이 저에게 있다는 것은 말하지 않아도 알겠지요? 대단히 예외적인 경우지만 뭐, 약속은 약속이니까 지키겠습니다. 그래도 직무상, 감시원을 함께 보내겠습니다. 이번 사건에서 가장 중요한 증거물을 가져가시는 것인 만큼 어쩔 수 없는 조치입니다. 이해해주십시오. 왓슨 선생은 당연히 마차를 타고 가시겠군요?"

"네, 마차를 탈 겁니다."

"안타깝게도 열쇠가 없어서 상자 안을 제대로 조사하지 못하는군요. 아마 자물통을 부숴야 할 것 같습니다. 이봐, 열쇠는 어디 있지?"

"강바닥에." 스몰은 짧게 대답했다.

"흠! 일을 복잡하게 만들어도 아무 소용 없을 거야. 우리가 자네를 잡느라 얼마나 고생했는지 아나?" 존스 형사가 언성을 높였다. "왓슨 씨, 군이 조심하라는 이야기를 할 필요는 없겠지요? 상자를 가지고 베이커 스트리트 하숙집으로 가시면 됩니다. 기다리고 있겠습니다. 경찰서는 당신이 돌아온 후에 갈 겁니다."

형사는 박스홀에서 경위 한 명과 나를 내려주었다. 경위는 솔직하고 친절한 사람이었다. 우리는 무거운 철제 상자를 들고 마차에 올라탔다. 마차는 15분 정도를 달려 세실 포리스터 부인 댁에 도착했다. 하인은 너무 늦은 방문객에 무척 놀란 눈치였다. 내가 포리스터 부인과 모스턴 양을 찾자, 포리스터 부인은 외출 중인데 늦게 돌아올 예정이고 모스턴 양은 화실에 있다고 답했다. 그래서 나는 상자를 들고 화실로 걸어갔다. 친절한 경위는 마차에서 나를 기다려주었다.

모스턴 양은 목과 허리 부분에 주홍색 무늬가 있는 하늘거리는 하얀색 드레스 차림으로 열린 창문 옆에 앉아 있었다. 버들가지로 엮어 만든 의자에 몸을 기대고 있었는데 갓을 씌운 램프에서 흘러나오는 희미한 불빛이 그녀의 아름다운 얼굴과 풍성한 머릿결을 신비롭게 비추었다. 새하얀 오른쪽 팔이 의자 밖으로 늘어져 있었다. 앉은 자세와 얼굴 표정이 그녀가 얼마나 슬픈 생각에 잠겨 있는지 보여주었다. 모스턴 양은 내 발자국 소리에 깜짝 놀라 일어섰다. 갑작스러운 손님이 나라는 사실을 확인하고는 금방 얼굴을 붉히며 기뻐했다.

"마차 소리는 들었지만 포리스터 부인이 예정보다 일찍 돌아온 거라고 생각했어요. 왓슨 박사님일 거라고는 상상도 못했는데 무슨 특별한 소식이라도 있나요?"

"소식보다 더 좋은 겁니다." 나는 탁자 위에 상자를 내려놓았다. 그리고 마음은 무거웠지만 기분 좋은 목소리로 말했다. "어떤 특별한 소식보다 더 특별한 물건입니다. 바로 모스턴 양의 재산입니다."

그녀는 철제 상자를 쳐다보았다.

"그럼, 이게 그 보물이라는 말인가요?" 그녀는 아주 차분한 목소리로 물었다.

"네, 그렇습니다. 우리가 찾던 바로 그 아그라의 보물입니다. 이 중 절반은 당신 것이고 절반은 새디어스 숄토 것입니다. 1년에 1만 파운드의 연금을 받는 셈이라고 생각하십시오. 모스턴 양이 영국에서 가장 부유한 아가씨가 될 겁니다. 정말 잘됐어요."

나는 그렇게 말하고는 곧바로 후회했다. 그녀에게 좀 더 과장해서 기쁨을 표현해야 했는데 그렇게 하지 못한 것이다. 그녀는 내 축하 인사에 담긴 공허한 울림을 눈치챘는지 눈썹을 약간 치켜세우고는 호기심 가득한 눈빛으로 나를 쳐다보았다.

"보물을 갖게 된다면, 모두 박사님 덕분이지요." 그녀가 말했다.

"아닙니다, 아니에요." 내가 대답했다. "내가 아니라, 내 친구 홈즈 덕분입니다. 나는 이번 사건에서 아무것도 찾지 못했습니다. 홈즈의 천재적인 추리로도 결코 쉽지 않은 사건이었지요. 마지막 순간까지 애를 태웠으니까요."

"자, 여기 좀 앉으세요. 무슨 일이 있었는지 모두 듣고 싶어요,

왔슨 박사님." 그녀가 부탁했다.

나는 지난번 방문 이후 일어난 사건을 짧게 이야기했다. 홈즈의 새로운 조사 방법, 오로라호의 발견, 애셜니 존스의 등장, 범인을 잡기 위해 밤에 출항한 일, 그리고 템스 강 하류에서 벌어진 필사적인 추격전까지 차례로 설명했다. 그녀는 입술을 반쯤 벌린 채 눈을 반짝이며 나의 모험담에 귀를 기울였다. 홈즈와 내가 범인의 독침을 간신히 피했다는 이야기에 그녀의 얼굴은 창백하게 변했다. 나는 모스턴 양이 기절이라도 할까 봐 급히 물을 따라주었다.

"괜찮아요." 그녀가 나를 안심시키려는 듯 말했다. "이제 괜찮아요. 저 때문에 두 분이 그토록 위험한 상황에 처했다고 생각하니 놀랐나 봐요."

"다 끝난 일입니다. 아무도 다치지 않았으니 괜찮습니다. 모스턴 양을 위해 더 이상 끔찍한 이야기는 하지 않는 게 좋을 것 같군요. 자, 화제를 돌려 좀 더 밝은 이야기를 해볼까요. 마침내 보물을 찾았습니다. 이보다 더 기분 좋은 일이 어디 있겠습니까? 더구나 경찰의 허락을 구해 모스턴 양에게 제일 먼저 보물을 보여드릴 수 있게 됐습니다."

"저도 무척 기분이 좋아요." 그녀는 말만 그렇게 했지 전혀 기뻐하는 기색이 아니었다. 이 보물 때문에 희생된 목숨을 생각한다면 제아무리 대단한 보물 상자라 해도 불쾌하게 느껴지는 것이 당연했다.

그녀는 상자를 보려고 허리를 굽혔다. "상자가 참 예쁘네요! 인도에서 만든 것 같은데, 맞나요?"

"네, 바라나시에서 만든 금속 세공품이지요."

"상당히 무거워요!" 그녀가 상자를 들어 올리며 놀란 듯 크게 말했다. "이 상자도 상당한 가치가 있겠어요. 그런데 열쇠는 어디 있지요?"

"스몰이 템스 강에 버렸다더군요. 포리스터 부인의 부지깽이 좀 빌리겠습니다."

상자의 굵고 큰 자물통 앞에 붓다의 좌상이 새겨져 있었다. 나는 그 아래에 부지깽이의 한쪽 끝을 집어넣고 지렛대 원리를 이용해 바깥쪽으로 세게 밀었다. 자물통이 쿵 하는 소리를 내며 떨어져 나갔다. 나는 떨리는 손으로 상자를 열었다. 그런데 그 순간, 우리는 깜짝 놀라 서로를 멍하니 바라보았다. 상자 안이 텅 비어 있었던 것이다!

상자가 무거웠던 이유는 단지 철제 상자 자체가 1.5센티미터가량으로 두껍게 만들어졌기 때문이었다. 상자는 귀중품을 보관하기 위한 용도로 튼튼하고 단단하게 만들어졌다. 그런데 상자 안에 보물은커녕 쇠붙이 하나도 놓여 있지 않았다. 완전히 텅텅 비어 있었다.

"보물이 사라졌어요." 모스턴 양이 침착하게 말했다.

나는 그녀의 말이 무엇을 의미하는지 이해하는 데 시간이 좀 걸렸다. 그리고 그 의미를 확실히 깨달았을 때, 내 마음을 짓누르던 어둠의 그림자가 걷히는 것을 느꼈다. 그동안 아그라의 보물이 내 마음을 얼마나 무겁게 짓누르고 있었는지 그제야 알게 되었다. 물론, 이기적이고 의롭지 못한 생각이지만 보물이 사라진 덕분에 다행히

그녀와 나 사이를 가로막던 거대한 황금 장벽이 사라진 것이다.

"오! 신이시여, 감사합니다!" 나도 모르게 가슴에 담고 있던 말이 밖으로 튀어나왔다.

그녀는 미소를 머금었다.

"왜 그런 말을 하는 거죠?" 그녀가 물었다.

"이제 당신에게 가까이 갈 수 있게 되었으니까요." 나는 그녀의 손을 잡았다. 그녀도 거부하지 않았다. "사랑합니다. 모스턴 양, 여자를 사랑한 그 어떤 남자 못지않게 진심으로 사랑해요. 당신이 갖게 될 이 보물 때문에 나는 그동안 아무 말도 하지 못했습니다. 이제 보물이 모두 사라졌으니 내가 당신을 얼마나 사랑하는지 말할 수 있게 됐습니다. 그래서 나도 모르게 신께 감사드린 겁니다." 나는 그녀를 곁으로 끌어당겼다.

"그렇다면, 저도 신께 감사드려야겠어요." 그녀가 낮은 소리로 말해주었다.

누군가는 보물을 잃어 슬프겠지만, 나는 그날 밤 가장 아름다운 보물 하나를 얻어 행복했다.

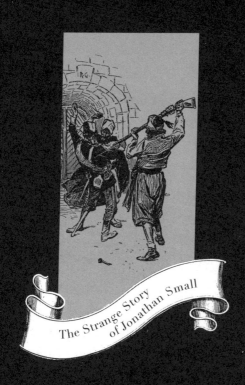

The Strange Story
of Jonathan Small

제12장 조너선 스몰의 이상한 이야기

경위는 참을성이 강한 사람이었다. 내가 한참 뒤에 마차로 돌아왔지만 별다른 볼멘소리를 하지 않았다. 하지만 빈 보물 상자를 보여주자 그의 얼굴에 먹구름이 드리워졌다.

"그렇다면 이제 제 상여금은 날아간 거군요." 그는 우울한 목소리로 말했다. "보물이 없으니, 상여금도 없겠지요. 보물이 있었다면 샘 브라운과 나는 야간작업에 대한 상여금으로 각각 10파운드씩 받기로 돼 있었습니다."

"걱정 마십시오. 새디어스 숄토는 부자입니다. 보물을 찾든 그렇지 못하든 당신에게 상여금이 돌아가도록 해줄 겁니다."

하지만 경위는 여전히 의기소침하게 고개를 흔들었다.

"일이 난처하게 됐습니다." 그가 되풀이하여 말했다. "애셜니 존스 형사도 그렇게 생각할 겁니다."

그의 예상은 적중했다. 베이커 스트리트의 하숙집으로 돌아가 빈 보물 상자를 보여주자 형사는 아연실색했다. 형사는 계획을 바꾸어, 경찰서에 먼저 들러 사건을 보고하고 좀 전에 하숙집에 도착한 터였다.

홈즈는 늘 그렇듯 노곤한 표정으로 안락의자에 몸을 기대고 있었고, 그 맞은편에 스몰이 의족을 한 다리를 성한 다리 위에 올리고 앉아 있었다. 내가 빈 상자를 보여주었을 때 홈즈는 의자에 몸을 기댄 채 큰 소리로 웃었다.

"스몰, 당신 짓이지?" 존스 형사가 화를 내며 말했다.

"네, 내가 빼돌렸습니다. 당신들이 절대 찾을 수 없는 곳에 숨겼지요." 그는 환희에 찬 목소리로 말했다. "보물은 내 겁니다. 내가 가질 수 없으니 아무도 손댈 수 없도록 아주 잘 보관해야겠지요. 분명히 말해두겠는데, 안다만 죄수 막사에 있는 세 사람과 나를 제외한 어느 누구도 이 보물을 가질 권리는 없습니다. 동지들이 내 입장이었더라도 나처럼 행동했을 거예요. 숄토나 모스턴의 핏줄에게 보물을 넘겨주느니, 템스 강에 던져버렸을 거란 말입니다. 우리가 그자들을 기쁘게 해주려고 아흐메트를 힘들게 해치웠겠습니까? 보물을 찾고 싶다고요? 보물은 열쇠와 통가가 있는 곳에 함께 묻혀 있을 거요. 형사님의 배가 우리 배를 따라잡을 거라는 확신이 드는 순간, 나는 서둘러 보물을 가장 안전한 곳에 버렸소. 당신은 나를 체포했지만, 1루피(인도, 파키스탄, 스리랑카, 네팔 등지에서 쓰이는 화폐 단위—옮긴이)도 못 찾을 겁니다."

"당신은 지금 거짓말을 하고 있어." 애셜니 존스는 무서운 표정으로 말했다. "템스 강에 보물을 모두 던져버렸다는 말이 사실이라면, 보물 상자를 통째로 던지는 게 훨씬 쉬웠을 테니 말이야."

"쳇, 쉽게 버리면 찾아내는 일도 쉽겠지요." 스몰이 곁눈으로 교활하게 노려보며 말했다. "나를 추적해낼 정도로 영리한 자들이라면, 철제 상자도 강바닥에서 쉽게 끌어 올릴 테니까요. 안 그렇습니까? 헌데, 내가 상자를 통째로 던지지 않았으니 강 아래 10킬로미터에 걸쳐 여기저기 흩어져 있겠군요. 그럼 보물을 찾아내기 좀 어렵지요. 나도 마음이 아프긴 합니다. 여러분들이 오로라호를 따라잡았을 때 나는 거의 반쯤 정신이 나가 있었어요. 그렇다고 사라진 보물 때문에 슬퍼한들 무슨 소용이 있겠습니까. 살면서 좋은 일도 겪고 나쁜 일도 많이 겪으면서 아무리 울고불고해도 엎질러진 물은 다시 퍼 담을 수 없다는 사실을 깨달았지요."

"이봐, 이건 좀 문제가 심각해." 형사가 말했다. "수사에 협조는 못 할지언정 이런 식으로 정의 구현을 방해했으니, 법정에서 불리하게 작용할 걸세."

"빌어먹을 정의!" 전과범이 무서운 소리로 말했다. "정의 좋아하시네! 이 보물이 동지들과 내 것이 아니라면 누구 것이란 말입니까? 보물을 가질 자격조차 없는 사람에게 보물을 넘겨주어야 하는 게, 그게 정의입니까? 여러분! 내가 보물을 얻기 위해 얼마나 애를 썼는지 알고 있습니까? 20년의 긴 세월 동안 뜨거운 습지에서, 낮이면 맹그로브나무 아래서 일하고, 밤이면 지저분한 막사에서 쇠사슬에 묶인 채 모기에 물리고 학질에 시달렸소. 백인 재소자만 괴롭히는 저주받은 흑인 교도관들에게 폭행을 당한 것도 한두 번이 아니었소. 나는 그렇게 긴 기다림 끝에 마침내 아그라의 보물을 되찾

을 수 있었는데, 다른 놈들이 가만히 앉아서 그 보물을 꿀꺽하도록
놔두는 것이 정의란 말입니까! 엉뚱한 놈이 내 돈을 가지고 궁전 같
은 집에서 떵떵거리며 사는데 나는 교도소에 갇혀 지내라고요? 차
라리 교수대에 수백 번 매달리거나 통가 놈의 독침에 찔려 죽는 게
낫겠소!"

스몰은 지금까지의 냉정한 태도를 버리고 이글거리는 눈으로 거
친 말들을 쏟아냈다. 그가 흥분해서 두 손을 움직일 때마다 차고 있
던 수갑이 절거덕 소리를 내며 부딪쳤다. 분노에 가득 찬 눈으로 흥
분하는 스몰의 모습을 보니, 숄토 소령이 의족을 한 사내가 자신을
쫓고 있다는 사실을 알고 느꼈던 불안과 두려움, 무시무시한 공포
를 모두 이해할 수 있었다.

"스몰, 우리는 자세한 내막을 모릅니다." 홈즈가 낮은 목소리로
말했다. "그러니 당신의 주장이 얼마나 정의로운지 알 수 없소."

"선생은 나를 정중하게 대하는군요. 뭐, 물론 내 팔에 수갑을 차
게 된 것도 선생 때문이라는 것 정도는 알고 있습니다. 그래도 당신
에게 아무런 유감이 없습니다. 공정한 처사였으니까요. 내 이야기
가 듣고 싶다면 나도 거리낄 이유는 없지요. 신께 맹세코 지금부터
내가 하는 말은 모두 사실입니다. 물컵은 여기 옆에 놓아주십시오,
목마를 때 입을 갖다 댈 수 있도록. 고맙습니다.

나는 퍼쇼어 지방 우스터셔 출신입니다. 찾아보면 알겠지만, 거
기에는 아직도 스몰이라는 성을 쓰는 사람이 수두룩할 거요. 이따
금 고향에 돌아가고 싶다는 생각을 했지요. 하지만 가족들이 나를

자랑스럽게 생각하지 않아서 내가 돌아갔을 때 반겨줄지 모르겠군요. 독실한 기독교 집안이고 모두 그 지역에서 존경받는 유명한 농부들인데, 나만 항상 사고뭉치였습니다. 열여덟 살이 되던 해에 여자 문제로 큰 말썽을 일으킨 후 나는 가족들에게 더 이상 피해를 주지 않기 위해 여왕의 실링(입대한 군인에게는 1실링이 정식으로 주어졌다. 따라서 이 표현은 군대에 입대했다는 의미—옮긴이)이 되기로 결정했습니다. 곧 인도로 출발하는 제3보병 연대에 소속되었지요.

허나 나는 군인이 될 운명은 아니었나 봅니다. 제식훈련을 마치고 머스켓 소총 다루는 법을 갓 익혔을 때였지요. 나는 어리석게도 수영을 하겠다고 갠지스 강에 뛰어들었는데, 천만다행으로 같은 부대 하사인 존 홀더도 거기서 수영을 하고 있었습니다. 그는 군대에서 수영을 가장 잘하는 사람이었지요. 강을 절반쯤 건넜을 때 악어가 달려들었는데 순식간에 내 오른쪽 다리를 물어뜯었어요. 마치 외과 의사가 자른 것처럼 무릎 바로 위까지 아주 말끔하게 떼어냈더군요. 나는 쇼크와 과다 출혈로 정신을 잃었고, 그때 홀더가 나를 구해 강기슭으로 헤엄쳐 나오지 않았다면 그 자리에서 물에 빠져 죽었을 겁니다. 그 일로 다섯 달 동안 병원 신세를 진 후에 마침내 이 나무다리를 달고 절뚝거리며 걸을 수 있게 되었지요. 나는 지체부자유자가 되어 의병제대를 할 수밖에 없었습니다. 그리고 이 꼴로는 어떤 활동적인 직업도 불가능했어요.

상상할 수 있겠지요. 나는 그 당시 더럽게 운이 나빴던 거요. 스무 살도 되기 전에 아무 짝에도 쓸모없는 불구자 신세로 전락했으니 말입니다. 그런데 불운인 줄만 알았던 것이 실은 행운이었습니다. 쪽 농장주인 에이블 화이트라는 사내가 농장에서 일하는 쿨리(타밀어에서 유래한 말로, 날품팔이, 막노동꾼이라는 뜻—옮긴이)들을 감시 감독할 사람을 찾고 있었소. 그는 내가 소속되었던 부대 대령의 친구였고 그때 대령이 나에게 각별한 관심을 가져주었던 터라, 농장주에게 나를 그 일의 적임자로 적극 추천해주었지요. 감시하는 동안 말을 타고 다니기 때문에 나무다리도 장애가 되지 않았고, 남아 있는 허벅지만으로도 안장에 충분히 달라붙어 있을 수 있었습니다. 내 임무는 말을 타고 농장을 돌아다니면서 일꾼들을 감시하고 게으름 피우는 놈들을 상부에 보고하는 것이었는데, 급여도 꽤 좋았고 숙소도 편했습니다. 여생을 여기 농장에서 보내는 것도 나쁘지 않겠다고 생각할 만큼 좋았지요. 에이블 화이트는 아주 친절한 남자였는데 이따금 내 숙소에 들러 함께 파이프 담배도 피웠습니다. 이곳과 달리 타지에서는 백인과 함께 있는 것만으로도 마음이 따뜻해지곤 합니다.

하지만 내 운은 그리 오래가지 못하더군요. 어느 날 갑자기 거대한 폭동이 일어난 거요. 한 달 전까지만 해도 인도는 모든 면에서 영국의 서리나 켄트 지역처럼 조용하고 평화로운 나라였습니다. 그런데 느닷없이 20만 명의 시커먼 악마들이 몰려나와 나라를 쑥대밭으로 만들었죠. 그 폭동에 대해서는 여러분들이 나보다 더 자세히 알고 있겠지요. 나는 책이란 걸 읽지 않으니 말입니다. 내가 아는 건 내 눈으로 직접 본 것뿐입니다. 우리 농장은 무트라라는 곳에 있었습니다. 서북 지방 국경선 부근이죠. 무트라의 하늘은 밤마다 불타오르는 방갈로 때문에 시뻘겋게 물들어 있었고, 유럽인들은 날마다 처자식을 데리고 우리 농장을 지나 군대가 주둔해 있는 아그라로 도망쳤습니다. 그런 면에서 에이블은 고집이 센 친구였는데 그는 이번 일이 과장되어 알려졌다면서, 폭동이 갑자기 일어난 것처럼 갑자기 가라앉을 거라고 믿었지요. 나라 전체가 불바다가 되었는데도 태평하게 베란다에 앉아서 위스키 음료를 마시고 엽궐련을 피웠으니, 나와 도슨은 에이블 때문에 꼼짝없이 그곳에 머물러야 했어요. 도슨에게는 농장 경영과 장부 정리를 함께 맡고 있던 아내까지 있었습니다. 어느 화창한 날, 결국 일이 터지고 말았지요. 멀리 떨어진 농장에 갔다가 저녁이 다 되어서야 집으로 돌아가고 있었는데, 저는 가파른 수로 바닥에서 무언가 이상한 것을 발견했습니다. 무엇인지 살피려고 말에서 내리는 순간, 심장이 얼어붙는 것 같았지요. 그것은 도슨 부인의 시체였어요. 온몸이 갈기갈기 찢겨 자칼과 들개에게 반쯤 먹힌 상태였습니다. 길을 좀 더 올라가보니, 도슨이 총알 없는 리볼버를 손에 꽉 쥔 채 바닥에 엎드려 죽어 있었고 그 앞에 세포이(과거 영국인이나 유럽인 장교 밑에 있던 인도인 용병—옮긴이) 네 명이 쓰러져 있었습니다. 나는 말을 세우고 어디로 가야 할지 망설였어요. 그런데 그 순간 에이블 화이트의 방갈로에서 시커먼 연기가 피어오르는 게 보였습니다. 화염은 지붕을 뚫고 하늘 높이 치솟았고, 내가 그곳으로 가더라도 목숨만 위태로워

질 뿐 아무 도움도 못 되는 상황이었
지요. 더구나 불길이 치솟는 집
주위에 붉은 코트를 걸친 수백
명의 시커먼 악마들이 춤을
추고 환호하는 모습이 보였어
요. 그때 악마들 중 몇 놈이 나를
발견하고는 내 쪽으로 총을 쏘았
습니다. 총은 내 머리 바로 옆을
스치고 지나갔지요. 나는 재빨리
말 머리를 돌려 달렸습니다. 논밭
을 지나 쉬지 않고 내달린 끝에, 늦
은 밤이 되어서야 아그라의 성에 도착할 수 있었습니다.

그러나 그곳도 안전한 지역은 아니었어요. 폭도들이 나라 전체
를 벌 떼처럼 들쑤셔놨으니 당연하지요. 영국인들은 몇 명만 모이
면 총을 들고 나가 폭동에 저항했지만 그렇지 않은 곳에서는 도망
칠 수밖에 없었습니다. 수백만 명 대 수백 명의 싸움이었으니까요.
그런데 이보다 더 끔찍한 것은, 우리가 대항했던 폭도의 보병, 기
병, 포병 모두 우리 영국군이 직접 훈련시킨 현지인 부대라는 사실
이었습니다. 그래서 녀석들은 우리 무기를 들고, 우리 나팔을 불고
우리를 위협했어요. 아그라에는 폭도에 대항하는 벵골 제3연대 보
병과 시크교도 약간, 그리고 기병대 2개 중대와 포병대 1개 중대가
있었는데 상인들이나 직원들이 모여서 의용대를 조직했고, 나도 나

무다리를 끌고 자원입대했습니다. 우리는 7월 초에 샤간지로 나가 폭도들과 맞서 싸웠지요. 잠깐 동안 우리 쪽이 우세한 듯했으나 화약이 떨어지는 바람에 아그라 시까지 퇴각해야 했습니다.

사방에서 나쁜 소식만 들렸습니다. 놀랄 일도 아니었지요. 지도를 보면 확인할 수 있겠지만 그때 우리는 폭동의 중심부에 있었습니다. 동쪽으로 160킬로미터 떨어진 러크나우, 남쪽으로 160킬로미터 떨어진 칸푸르 지역은 상황이 더 심각했고 어디를 가도 고문과 살인, 반인륜적인 행위들이 난무했습니다. 아그라 시는 광신도들과 온갖 악마 숭배자들로 가득한 곳이었지요. 좁고 구불구불한 미로 같은 길 때문에 부대원 몇 명은 길을 잃기도 했습니다. 그래서 부대 대장이 우리를 이끌고 강을 건너 아그라의 옛 성으로 들어갔는데, 혹시 여러분이 아그라의 옛 성에 관한 이야기를 조금이라도 알고 있는지 모르겠군요. 아무튼 그곳은 아주 특이한 장소입니다. 내가 가본 곳 중 가장 특이하다고 말할 수 있습니다. 무엇보다 그 규모가 정말 엄청납니다. 수천 평은 족히 될 거요. 성 내부에 수많은 방과 현대식 건물이 있었는데 우리 주둔부대와 여성들, 아이들, 물건 등이 다 들어갈 만큼 컸습니다. 하지만 구식 건물은 현대식 건물보다 훨씬 더 컸어요. 구식 건물에는 전갈과 지네가 가득했고, 텅 빈 큰 홀과 꼬불꼬불한 통로와 사방으로 뻗은 긴 복도 때문에 길을 잃기 십상이었지요. 어느 누구도 그곳으로 들어가려 하지 않았고, 간혹 사람들이 무리 지어 횃불을 들고 안을 조사하러 갈 때는 있지만 혼자서는 절대 들어가지 않았습니다.

오래된 성 앞으로 흐르는 강물이 아그라 성을 보호해주었지만, 성의 측면과 후면에는 문이 많이 나 있어서 잘 감시해야 했습니다. 주둔병들이 숙소로 사용하고 있는 현대식 건물뿐만 아니라, 구식 건물에도 경비병을 세워야 했는데 각 문마다 강력한 수비대를 주둔시키기에는 병력이 턱없이 부족한 상황이었지요. 결국 우리는 성 한가운데에 중앙경비대를 두고 각 문을 백인 한 사람과 원주민 두세 사람이 지키도록 했습니다. 밤마다 나는 남서쪽의 고립된 구역에 있는 작은 문을 책임졌지요. 시크교도 병사 두 명이 내 지휘하에 함께했고, 무슨 일이 생길 경우 내가 머스켓 소총을 쏘도록 지시받았습니다. 그러면 중앙경비대에서 그 소리를 듣고 바로 지원 병력을 보내겠다고 했지만, 중앙경비대는 200걸음은 족히 넘는 곳에 있었고 중앙에서 내 구역까지 오려면 미로 같은 통로와 복도를 지나야 했기 때문에, 실제로 공격을 받는다 해도 지원 병력이 제때 도착해서 우리에게 도움을 줄 수 있을지는 의심스러웠지요.

그래도 나는 신병이었고 한쪽 다리까지 저는데, 지휘권이 주어진 것을 매우 자랑스럽게 생각했어요. 이틀 밤 동안 나는 펀자브 출신 부하들과 보초를 섰어요. 그들은 키가 크고 무섭게 생긴 친구들이었는데 이름은 마호메트 싱, 압둘라 칸이었습니다. 두 사람은 칠리안 왈라에서 영국군에 대항해 싸운 전력이 있는 늙은 전투원이었어요. 영어도 상당히 유창했지만 내 앞에서 영어로 말하는 법은 좀처럼 없었고, 보초를 서는 동안 밤새 붙어서 시크어로 떠드는 것을 좋아했습니다. 나는 문밖에 서서 굽이쳐 흐르는 넓은 강물을 바라보거나, 커다란 성 위로 반짝이는 별빛을 보았지요. 끝없이 이어지는 북소리, 아편과 대마 음료에 취한 폭도들의 환호성 때문에 우리는 밤새 강 건너의 위험한 적들을 떠올리며 치를 떨었고, 당직 근무를 서는 장교는 두 시간마다 성문을 돌아다니며 이상이 없는지 확인했습니다.

야간 근무를 선 지 사흘째 되던 날이었습니다. 비바람이 휘몰아치고 칠흑같이 어두운 밤이었는데, 그런 날씨에 몇 시간 동안 야간 근무를 서는 것은 대단히 지루한 일이었지요. 나는 부하들과 대화라도 하려고 여러 차례 시도했지만 큰 성과는 없었고, 새벽 2시가 되어서야 순찰을 돌던 장교가 와서 잠깐 지루한 시간을 달래주고 갔습니다. 부하들과 대화하는 것을 포기한 나는 주머니에서 파이프 담배를 꺼내고 성냥불을 붙이기 위해 잠깐 머스켓 소총을 내려놓았어요. 그런데 바로 그 순간, 두 명의 부하가 나를 향해 달려들었습니다. 한 녀석이 재빠르게 화승총을 낚아채더니 내 머리에 총부리를 겨누었어요. 다른 녀석은 커다란 칼을 내 목에 대고 한 발짝이라도 움직이면 목구멍을 찔러버리겠다며 이를 악물고

위협했습니다.

처음에는 녀석들이 폭도와 결탁했고, 이제 공격이 시작된 것이라고 생각했지요. 만약 이 문이 세포이의 손에 넘어가면 아그라의 성이 함락되는 것은 시간문제였어요. 폭도들은 여자들과 아이들에게 칸푸르에서 저지른 악행을 똑같이 저지를 것이 틀림없다고 생각했습니다. 여러분들은 내가 이야기를 꾸며낸다고 여길지도 모르겠군요. 아무튼 그때 나는 목에 닿은 차가운 칼날을 느꼈지만 용기를 내 고함을 지르려고 했습니다. 죽더라도 중앙경비대에 긴급 신호는 보낼 수 있을 테니까요. 그런데 두 녀석은 내가 어떻게 하려는지 눈치를 채고는 그 순간 내 귓가에 대고 속삭이더군요. '소란 피우지 마. 아그라 성은 아주 안전하다. 폭도는 없다.' 그의 목소리에는 진실성이 담겨 있었고 갈색 눈은 소리를 지르면 나를 죽일 거라고 위협하는 것 같았지요. 그래서 나는 그들이 내게 원하는 것이 무엇인지 말할 때까지 조용히 기다렸습니다.

'잘 들으십시오, 사히브.' 두 녀석 중, 키가 더 크고 우락부락하게 생긴 놈이 말했습니다. 압둘라 칸이었지요. '지금부터 우리와 함께하거나 아니면 영원히 침묵하거나 둘 중 하나를 택해야 합니다. 우리와 뜻을 함께하겠다면 진심으로 십자가에 대고 맹세하십시오. 그러지 않으면 오늘 밤 당신의 몸을 배수로에 던져 폭동에 가담하고 있는 형제들에게 넘길 것입니다. 중도는 없습니다. 죽느냐 사느냐, 그뿐입니다. 순찰 장교가 돌아오기 전에 일을 끝내야 합니다. 시간이 계속 흐르고 있으니 3분 동안 생각할 기회를 주겠습니다.'

'내가 어떻게 결정을 내릴 수 있다는 말인가? 원하는 게 뭔지 말해주지도 않았어. 하지만 분명히 말하는데, 만일 성을 위협하는 행동이라면 나는 절대 협조하지 않겠네. 내 목에 칼이 들어온다 해도 말이네.'

'성을 위협하는 행동은 절대 아닙니다.' 그가 말했지요. '우리는 사히브 같은 영국 사람들이 인도에서 찾으려는 물건을 줄 것입니다. 당신은 부자가 될 수 있습니다. 오늘 밤 우리와 함께한다면, 이 칼에 대고 당신에게 보물을 공평하게 나눠주겠다고 맹세하겠습니다. 시크교도들은 절대 맹세를 어기지 않습니다. 보물의 4분의 1을 주겠습니다. 그 이상 공평할 수는 없지요.'

'보물이라니?' 내가 되물었지요. '물론 나는 부자가 되고 싶다. 그런데 무슨 보물을 어떻게 찾는단 말인가?'

'먼저, 맹세하십시오. 아버지의 뼈에, 어머니의 명예에, 그리고 십자가에 대고 지금부터 우리를 배반하는 행동이나 말은 절대 하지 않겠다고 맹세하십시오.'

'맹세하겠다.' 내가 대답했습니다. '단, 성이 위험에 처하지 않는다는 조건하에.'

'좋습니다. 동료와 나는 보물의 4분의 1을 당신에게 줄 것을 맹세합니다. 보물은 우리 네 사람이 공평하게 나눠 가질 것입니다.'

'하지만 이곳에는 세 사람밖에 없잖은가.'

'아닙니다. 도스트 아크바르라는 친구에게도 나누어줘야 합니다. 그를 기다리는 동안 사정을 말해주겠습니다. 마호메트 싱, 자네는 문 앞에 서 있다가 그들이 오면 알려주게. 사히브, 사실은 이렇습니다. 내가 당신에게 사실을 말하는 이유는 퍼링기(일부 아시아 국가에서 특히 백인 유럽인이나 미국인을 가리키는 말—옮긴이)들도 맹세는 가볍게 여기지 않는다는 것을 알기 때문이지요. 만일 당신이 거짓말을 잘하는 힌두교도였다면, 그 거짓 사원에 있는 모든 신을 걸고 맹세했더라도 칼로 찔러 죽인 다음 시체를 강물에 던졌을 것입니다. 하지만 우리 시크교도들은 영국 사람들을 잘 알고, 영국 사람들도 시크교도들을 잘 압니다. 지금부터 내가 하는 말에 귀를 기울여주십시오.

북부 지방에 영토는 작지만 많은 재산을 가진 군주가 살았습니다. 그는 부친으로부터 거액의 유산을 상속받았고, 또 구두쇠 성격 탓에 한 푼도 쓰지 않고 제힘으로 모은 황금까지 축적해 더 많은 부를 쌓았습니다. 그러던 중 이번 사건이 발생하자 사자와 호랑이의 손을 모두 잡았지요. 말하자면, 세포이 폭도들과도 손을 잡고 동인도회사와도 손을 잡은 겁니다. 군주는 얼마 후 백인들의 세상이 끝날 거라고 예상했습니다. 여기저기서 백인의 죽음과 전복에 관한 소식만 들렸거든요. 그러나 그는 신중한 남자여서 섣불리 행동하는 대신, 계획을 세웠습니다. 일이 어떻게 되든 재산의 절반은 지키려고 했던 거지요. 금은보화들은 궁전 내의 금고에 담아서 자신이 보관했고, 아주 값나가는 보석류와 최상품 진주들은 철제 상자에 담아두었습니다. 그러고는 신임하는 하인을 불러 상인 복장으로 위장하게 한 후 그 상자를 아그라 성에 가져다 놓으라고 시켰습니다. 나라가 평화를 되찾을 때까지 그곳에 숨겨둘 작정이었지요. 그렇게 해서 폭도들이 승리하면 그에게는 금은보화가 남게 되고, 회사 쪽이 이긴다면 값비싼 보석들이 남게 되는 거지요. 그렇게 재산을 나눠 보관하고는 세포이 편에 완전히 가담했습니다. 그쪽 지역에서는 세포이의 힘이 막강했기 때문이지요.

지금 상인으로 위장한 하인이 아흐메트라는 이름으로 아그라 시에 들어와 성안으로 들어올 기회를 엿보고 있습니다. 그는 아그라로 오는 길에 내 의형제 도스트 아크바르와 동행하면서 자신의 비밀을 털어놓았습니다. 그리고 오늘 밤 도스트 아크바르가 그를 데리고 성 뒷문으로 오기로 했습니다. 곧 그들이 도착해 마호메트 싱과 나를 찾을 겁니다. 이 문을 선택한 데는 특별한 이유가 있지요. 여기는 외진 곳이고 그가 오는 것을 아무도 보지 못합니다. 잘 들으십시오. 우리는 아흐메트라는 상인을 죽이고 군주의 보물을 네 사람이 나눠 가질 생각입니다. 괜찮지요, 사히브?

여러분, 우스터셔에서는 인간의 목숨이 위대하고 성스러운 것처럼 보였지만 인도에서는 달랐습니다. 불길이 치솟고, 사방에 피비린내가 진동하고 가는 곳마다 시체가 즐비했어요. 아흐메트가 살든 죽든 내게는 더 이상 아무 의미 없는 문제가 된 거요. 또 보물 때문에 내 마음은 심하게 달아오른 상태였습니다. 내가 그 보물을 가지고 고향에 돌아간다면 가족들이 나를 어떻게 대할지 상상해보았지요. 아무 짝에도 쓸모없던 녀석이 주머니 가득 포르투갈 금화를 넣고 나타날 때 가족들의 태도를 말입니다. 나는 바로 마음을 정했지만 압둘라 칸은 내가 주저하고 있다고 생각했는지 더욱 강하게 밀어붙이더군요.

'잘 생각해보십시오, 사히브. 상인이 수비대에게 잡힌다면 교수형에 처해지거나 총살을 당한 후 보물은 정부에 뺏길 것입니다. 그렇게 되면 아무에게도 득이 되지 않습니다. 지금 우리가 수비대를 대신해 그를 잡는 것이니, 그 나머지 일도 당연히 우리 몫이 아니겠습니까? 우리가 보물을 보관한다면 회사 금고에 있을 때만큼 안전할 것입니다. 또 그 보물이면 우리 네 사람 모두 대단한 부자로 만들어줄 테고, 여기는 외진 곳이니 어느 누구도 이 사실을 알 수 없습니다. 상황이 모두 우리를 위해 돌아가고 있지요. 자, 이제 대답하십시오, 사히브. 우리와 뜻을 함께할 것인지, 아니면 우리가 당신을 적으로 생각해야 하는지.'

'너희와 함께 행동하겠다. 진심이다.'

'좋습니다.' 그는 나에게 화승총을 돌려주며 말했어요. '우리는 당신을 믿습니다. 우리처럼 당신도 약속을 굳게 지킬 것입니다. 이제 우리는 이곳에서 내 의형제와 상인을 기다리기만 하면 됩니다.'

'자네의 의형제도 이 계획을 알고 있나?' 내가 물었지요.

'그가 계획한 겁니다. 그가 일을 꾸민 거지요. 자, 이제 문으로 가서 마호메트 싱과 함께 보초를 서도록 합시다.'

우기가 시작될 무렵이라 줄기차게 비가 쏟아졌고, 어두운 먹구름이 하늘을 뒤덮고 있어서 한 치 앞도 보기 힘든 상황이었지요. 문앞에 깊은 해자가 있었지만 군데군데 물이 마른 곳이 있어서 쉽게 건널 수 있었습니다. 문 앞에서 펀자브 출신 두 부하와 함께 죽음을 향해 다가오는 사람을 기다리고 있다고 생각하니 기분이 좀 이상했습니다.

문득, 해자 반대편에서 불빛이 반짝이는 게 보였습니다. 불빛은 돌무더기 사이로 사라졌다가 다시 나타나더니 우리가 있는 쪽으로 천천히 이동했습니다.

'저기 왔어!' 내가 소리쳤습니다.

'사히브, 늘 하던 대로 암호를 확인하세요.' 압둘라가 내 귀에 대고 말했습니다. '저자가 우리를 경계하도록 만들면 안 됩니다. 그다음은 우리가 알아서 처리하겠습니다. 사히브는 여기 남아서 지키십시오. 그들이 정말 그 상인과 내 의형제가 맞는지 얼굴을 확인할 수 있도록 램프를 켜주십시오.'

불빛은 깜박거리며 멈추었다 움직이다를 계속 반복하며 이동했고, 마침내 해자 건너편에 두 개의 시커먼 그림자가 보였습니다. 그들은 경사진 둑을 미끄러져 내려왔고, 진흙탕을 지나 문 아래쪽 둑을 반쯤 기어 올라왔습니다. 나는 암호를 확인했지요.

'거기 누군가?' 내가 차분한 목소리로 말했습니다.

'친구들입니다.' 둑 아래서 그들의 목소리가 들리더군요. 나는 소리가 나는 쪽으로 램프를 내밀어 그들을 향해 밝은 빛을 비추었지요. 덩치 큰 시크교도가 먼저 올라왔습니다. 시커먼 턱수염이 거의 허리까지 닿을 정도로 길고 키는 장대같이 큰 사내였는데, 서커스에서나 볼 수 있는 장신이었습니다. 그를 뒤따라 작고 뚱뚱한 사

내가 큰 노란색 터번을 머리에 두르고 보자기로 싼 꾸러미를 손에
쥔 채 나타났습니다. 그는 마치 학질에 걸린 사람처럼 손을 꼬며 대
단히 불안한 심리를 드러냈습니다. 또 두 눈을 반짝이면서 연신 고
개를 좌우로 돌렸는데, 흡사 쥐 새끼가 쥐구멍에서 나와 모험을 시
작할 때의 모습 같았습니다. 그를 죽인다고 생각하니 온몸에 소름
이 돋았지만, 나는 보물을 생각했고 내 마음은 다시 부싯돌만큼이
나 단단해졌습니다. 그런데 그는 내가 백인이라는 사실을 확인하고
는 약간의 환호성을 지르며 나에게 달려오는 겁니다.

'사히브, 저를 보호해주십시오.' 그가 숨찬 목소리로 말했습니
다. '불쌍한 상인 아흐메트를 지켜주십시오. 저는 아그라 성에서 피
난처를 찾기 위해 라지푸타나를 넘어 여기까지 왔습니다. 저는 회
사와 손을 잡았다는 이유로 가진 것을 빼앗기고 학대당하고 몰매까
지 맞았습니다. 그런데 오늘 밤은 정말 운이 좋은가 봅니다. 이렇게
저와 저의 얼마 남지 않은 재산을 가지고 아그라의 피난처에 안전
하게 도착했으니 말입니다.'

'그 보자기에는 무엇이 들어 있는가?' 내가 물었습니다.

'철제 상자입니다.' 그가 대답했습니다. '여기에는 집안 대대로
전해지는 물건 몇 개가 들어 있습니다. 다른 사람들에게는 아무 쓸
모도 없는 것들이지요. 하지만 저에게는 대단히 귀중한 물건입니
다. 젊은 사히브, 저는 거지가 아닙니다. 만일 저에게 은신처를 제
공해주신다면 이곳 지휘관은 물론 사히브께도 충분히 보상해드리
겠습니다.'

나는 더 이상 그와 대화를 나눌 자신이 없어지더군요. 잔뜩 겁에 질린 통통한 얼굴을 볼수록 냉정하게 그를 죽일 수 없을 것 같았기 때문이었습니다. 나는 차라리 빨리 일 처리를 끝내야겠다고 생각했지요.

'중앙경비대로 끌고 가라.' 내가 말했습니다. 그리고 부하 두 명이 그의 양팔을 붙들고 어두운 복도로 들어갔고, 기골이 장대한 사내가 그 뒤를 따랐습니다. 나는 상인의 뒷모습을 보면서 생각했습니다. '이처럼 완벽하게 죽음에 둘러싸인 사람이 세상에 또 있을까.' 나는 램프를 들고 그들이 돌아올 때까지 문 앞에서 기다렸습니다.

외진 복도를 따라 걸어가는 무거운 발자국 소리가 들렸습니다. 그런데 갑자기 발자국 소리가 멈추더니 쿵 하는 울림과 함께 옥신각신하는 소리가 들렸습니다. 잠시 후, 오싹하게도 누군가 헐떡이며 급히 도망치는 소리가 들렸어요. 나는 그들이 떠난 긴 복도를 향해 램프를 비추었습니다. 뚱뚱한 상인이 피범벅이 된 얼굴로 쏜살같이 달려 나왔고, 시커먼 턱수염을 기른 키 큰 시크교도가 번쩍이는 칼을 손에 쥐고 호랑이처럼 사나운 소리를 지르며 상인을 바짝 뒤쫓았습니다. 상인은 섬광처럼 빠른 속도로 내달렸고 시크교도와의 간격은 점차 넓어졌습니다. 만일 나를 지나 밖으로 나간다면 그가 목숨을 건질 수 있겠다고 생각했지요. 그가 불쌍해졌지만 다시한 번 보물을 떠올리면서 더욱 독하게 마음을 다잡았습니다.

그리고 상인이 내 앞을 지나갈 때 화승총으로 다리 사이를 쏘았

지요. 그는 총에 맞은 토끼처럼 땅 위를 두 번 굴렀습니다. 비틀거리며 몸을 일으키려 할 때 시크교도가 그를 덮쳐 옆구리를 칼로 푹푹 찔렀지요. 상인 아흐메트는 신음 한 번 내지 못하고 넘어진 곳에서 그대로 즉사했습니다. 나는 그가 총에 맞아 쓰러질 때 목을 다쳤을 거라고 혼자 생각했습니다. 여러분, 나는 한번 한 약속은 반드시지키는 사람입니다. 처음에 약속한 대로 지금 그날 있었던 일을 하나도 빠짐없이 이야기하고 있습니다. 그게 나한테 유리한지 불리한지 따지지 않고 말입니다."

그는 말을 중단하고 수갑을 찬 손을 뻗어 홈즈가 따라준 위스키를 마셨다. 이제 와 고백건대, 그때 나는 스몰에게서 극도의 공포를 느꼈다. 그가 이 잔인한 사건에 가담했다는 사실보다 더 충격적이었던 것은, 그가 거리낌 없이 태연하게 사건을 진술했다는 점이었다. 그에게 어떤 처벌이 내려진다 해도 나는 일말의 동정심도 느끼지 않을 것이다. 셜록 홈즈와 애셜니 존스는 두 손을 무릎 위에 올려놓은 자세로 앉아서 스몰의 이야기에 푹 빠져 있었지만 나와 마찬가지로 얼굴에 혐오감을 드러내고 있었다. 스몰은 우리의 표정을 읽었는지, 아까보다 더 반항적인 태도로 말을 이었다.

"내 행동이 극악무도했다는 것은 나도 알고 있습니다. 그런데, 궁금하군요. 만일 누군가 내 입장에 처했다면, 목숨을 내놓고 일을 했는데 보물을 나눠 갖자는 제의를 거절할 수 있는 사람이 과연 몇이나 되겠습니까? 더구나 그 상인이 성에 발을 들인 순간 그와 나, 둘 중 한 사람은 죽을 운명이었습니다. 물론 그가 도망쳐 살아남았다면 우리의 모든 계획이 만천하에 드러났겠지요. 나는 군법회의에 회부되어 총살당했을 거요. 그때는 그런 사건을 매우 엄중히 다뤘으니까요."

"이야기를 계속해보시오." 홈즈가 짧게 말했다.

"좋습니다. 나는 압둘라, 아크바르와 함께 그의 시체를 처리했습니다. 키가 그렇게 작은데도 뚱뚱한 몸 때문에 상당히 무거웠지요. 마호메트 싱은 문 앞에서 보초를 서고 있었고, 우리는 시체를 들고 시크교도들이 미리 준비해놓은 장소로 가져갔습니다. 내 담당 구역에서 조금 떨어진 곳이었습니다. 구불구불한 통로를 지나자 커다랗고 텅 빈 홀이 나왔는데 벽돌이 거의 다 부서졌고 무덤처럼 바닥이 움푹 파인 곳이 있었습니다. 우리는 상인 아흐메트를 그 안에 내려놓고 조각난 벽돌 더미를 그 위에 덮었지요. 일을 끝내고 다시 보물이 있는 곳으로 돌아갔습니다. 보물은 그가 처음 공격을 당한 장소에 떨어져 있었습니다. 그 보물 상자는 지금 여기 탁자 위에 있는 것과 같은 상자입니다. 무늬가 새겨진 손잡이에 열쇠가 비단 끈으로 묶여 있어서 우리는 열쇠로 상자를 열고 램프 불빛을 비추었습니다. 퍼쇼어에 살던 어린 시절, 책에서 보았던 진기하고 훌륭한 보석들이 그 안에 다 들어 있었습니다. 보석은 쳐다보기 힘들 정도로 눈부시게 반짝였고, 우리는 화려한 보석의 향연을 마음껏 즐겼지요. 그런 후 보석을 모두 꺼내 목록을 작성했습니다. 1등급 보석 다이아몬드가 143개, 그중 '위대한 무굴'이라는 이름의 다이아몬드도 있었는데 그것은 세계에서 두 번째로 큰 보석으로 유명합니다.

그리고 최고급 에메랄드 97개, 크기가 다양한 루비 170개, 홍수정 40개, 사파이어 210개, 마노 61개 그리고 녹주석과 줄마노, 묘안석, 터키옥이 셀 수 없이 많았고, 또 지금은 익숙하지만 그 당시 이름을 몰랐던 여러 가지 보석도 많이 들어 있었습니다. 마지막으로, 최상품 진주가 300개 있었는데 그중 열두 개는 금관 장식으로 사용됐습니다. 그런데 그 금관은 누가 꺼내 갔습니다. 내가 상자를 다시 발견했을 때 상자 안에 금관은 없었습니다.

우리는 보물의 목록을 모두 작성한 후 보물을 다시 상자 안에 넣고, 마호메트 싱이 기다리고 있는 성문으로 향했습니다. 그리고 비밀을 지키겠다는 맹세를 한 번 더 엄숙하게 했습니다. 보물을 안전한 장소에 숨겨두었다가 나라가 평화를 되찾으면 그때 공평하게 나눠 갖기로 했지요. 만일 이렇게 진귀한 보석을 가지고 있다가 들키기라도 한다면 괜한 의심만 살 게 뻔했고, 성안에서 보물을 몰래 가지고 있을 사적인 공간을 찾기도 쉽지 않았으니까요. 성 밖도 상황은 마찬가지였지요. 그래서 우리는 시체를 묻었던 작은 홀로 다시 향했습니다. 그리고 홀에서 가장 상태가 좋은 벽을 찾아 구멍을 뚫고 그 안에 보물 상자를 숨긴 후 헷갈리지 않도록 작은 표시를 해두었지요. 다음 날, 나는 우리 네 사람을 위한 지도를 네 장 그렸습니다. 그리고 지도 아래에 네 사람의 서명을 적었습니다. 반드시 네 사람이 보물을 공평하게 나눠 갖도록, 항상 네 사람 모두를 위해 행동하기로 맹세했기 때문이었죠. 나는 맹세코 한 번도 그 약속을 어긴 적이 없습니다.

세포이 항쟁이 어떻게 끝났는지는 여러분도 잘 알고 있을 겁니다. 윌슨이 델리를 점령하고, 콜린 경이 러크나우를 수복한 후 폭동의 배후 세력이 한순간에 무너졌지요. 또 새로운 영국군이 투입되고, 나나 사히브(1857~1859년에 일어난 세포이 항쟁을 이끈 지도자—옮긴이)는 몰래 국경을 넘어 달아나버렸습니다. 그레이트헤드 대령이 이끄는 유격대가 아그라 성에 들어와 판디스(영국 통치에 대항해서 싸우는 인도인—옮긴이)를 모두 성 밖으로 몰아냈지요. 인도에 평화가 찾아드는 것처럼 보였고, 우리 네 사람은 보물을 나눠서 안전하게 이곳을 떠날 날이 머지않았다는 희망에 부풀어 올랐습니다. 하지만 얼마 후 희망은 파도처럼 부서졌습니다. 우리가 아흐메트의 살해범으로 체포된 겁니다.

경위는 이렇습니다. 군주가 보물 상자를 아흐메트에게 건넨 것은 당연히 아흐메트가 믿을 만한 하인이었기 때문이지요. 하지만 그들은 의심이 많은 민족이었습니다. 군주는 아흐메트보다 더 신임하는 하인 한 놈을 불러서 아흐메트의 뒤를 밟게 했습니다. 하인은 명령받은 대로 한 순간도 아흐메트에게서 눈을 떼지 않고 항상 그림자처럼 아흐메트를 따라다니고 감시했습니다. 그날 밤도 하인은 아흐메트의 뒤를 밟고 있었고, 성문을 통과해 들어가는 것도 보았습니다. 그는 으레 아흐메트가 성안에서 피난처를 찾았으려니 했겠지요. 다음 날 아침, 그는 허가를 받고 성안으로 들어갔지만 아흐메트의 흔적을 찾을 수 없었습니다. 이 일을 이상하게 여긴 하인은 이동 수비대 병장을 찾아가 자초지종을 털어놓았고, 병장은 부대 사령관에게 사건을 전달했습니다. 대대적인 수색 작전이 빠르게 진행되었고, 며칠 후 시체가 발견되었습니다. 결국 네 사람 모두 살인죄로 체포되어 재판을 받았습니다. 우리 중 세 사람이 그날 밤 성문을 지키고 있었고, 한 사람은 살해된 자와 동행했다는 사실이 밝혀졌거든요. 하지만 보물에 관한 이야기는 한 마디도 나오지 않았습니다. 군주가 폐위되어 인도 밖으로 추방되었기 때문에 보물에 관해 말할 사람이 없었던 겁니다. 하지만 우리가 살인을 저지른 것과 네 사람 모두 살인에 가담했다는 사실만큼은 분명했지요. 처음에 세 명의 시크교도들은 종신형을, 나는 사형을 선고받았지만 나중에 내 형량도 다른 동지들과 똑같이 종신형으로 감경됐습니다.

그 후에도 우리는 몰래 보물 이야기를 하곤 했는데, 생각해보면 아주 묘한 상황에 처하게 된 거지요. 다리에 족쇄를 차고 두 번 다시 바깥 구경을 할 수 없게 됐지만, 일이 잘 풀렸다면 보물을 가지고 궁전 같은 집에서 호화롭게 살 수 있었을 테니까 말입니다. 밖에는 엄청난 보물이 우리를 기다리고 있는데 여기서 별것도 아닌 하급 관리들의 발길질과 구타를 당해야 하고, 먹을 거라곤 쌀뿐이고 마실 거라곤 물뿐인 이 상황이 얼마나 답답했겠습니까. 나는 거의 반쯤 정신이 나갈 지경이었지만 포기하지 않고 때를 기다렸습니다.

그리고 마침내 그 때가 왔습니다. 나는 아그라에서 마드라스로, 거기서 다시 안다만 제도에 있는 블레어 섬으로 이송되었습니다. 그곳에는 백인 죄수가 거의 없었기 때문에 관리자들의 말만 잘 들으면 특별한 대우를 받을 수 있다는 사실을 나는 알고 있었습니다.

그리고 결국 그런 대우를 받게 되었지요. 그들은 나에게 해리엇 산 기슭의 호프 마을에 혼자 지낼 수 있는 막사를 배정해주었습니다. 하지만 그곳은 덥고 끔찍한 마을이었어요. 작은 개척지 너머에는 야생 식인종들이 들끓었고, 녀석들은 언제라도 마을 주민들을 향해 독침을 쏠 준비를 하고 있었습니다. 또 채굴, 도랑 파기, 마 재배 등 열두 가지도 넘는 일을 해야 했기 때문에 하루 종일 몹시 바빴습니다. 우리 네 사람은 저녁이 되어야 함께 모여 이야기할 시간을 가졌습니다. 나는 그곳 외과 의사에게서 약 조제법을 배웠고, 수박 겉핥기로 어느 정도의 의료 지식도 익혔지요. 그러면서 매 순간 도망칠 기회를 엿보았습니다. 그러나 안다만 제도는 육지에서 수백 킬로미터 넘게 떨어져 있었고, 바다에는 바람도 거의 불지 않아서 탈출은 불가능했습니다.

소머턴 외과 의사는 노는 것을 좋아하는 활동적인 청년이었습니다. 저녁이면 또래의 다른 장교들과 함께 자신의 숙소에 모여 카드 게임을 하곤 했지요. 나는 의사의 방 옆에 위치한 수술실에서 약을 조제했는데, 수술실과 방 사이에 작은 창이 하나 있어서 이따금 지루할 때면 수술실의 불을 끄고 창문 앞에 서서 카드 게임을 구경하기도 했습니다. 나도 카드 게임을 좋아했지만 다른 사람들의 게임을 보는 것만으로도 충분히 즐거웠지요. 방에는 인도인 부대를 지휘하는 숄토 소령, 모스턴 대위, 브롬리 브라운 중사 그리고 솜씨 좋고 음흉하게, 안전한 게임만 하는 교도관 두세 명도 함께했습니다. 그들은 항상 단출하게 모여서 카드 판을 벌였습니다.

그런데 카드 판을 여러 번 지켜보던 나는 한 가지 이상한 점을 발견했습니다. 장교들은 늘 돈을 잃고, 교도관들은 늘 돈을 따는 겁니다. 그렇다고 교도관들이 수상한 행동을 하는 것도 아니었는데 결과는 같았습니다. 알고 보니 교도관들은 안다만 제도에 들어온 후로 줄곧 카드 게임만 해왔기 때문에 상대의 게임 습관을 훤히 꿰뚫고 있었던 반면, 장교들은 단지 시간을 때우기 위해 의사의 방에 모였기 때문에 게임에 이기는 데 크게 집중하지 않고 아무 카드나 내려놓았던 겁니다. 장교들은 밤마다 계속해서 돈을 잃었고, 가난해진 장교들은 카드 게임에 점점 더 빠져들었습니다. 숄토 소령은 그들 중 가장 많은 돈을 잃었습니다. 처음에는 지폐와 금화를 판돈으로 걸었으나 나중에는 거액의 약속어음을 쓰기 시작했습니다. 가끔 돈을 좀 따기도 했지만 그렇게 생긴 자신감 때문에 더 큰 액수의 돈을 잃게 되었지요. 그는 온종일 침울한 표정으로 마을을 돌아다녔고, 건강을 해칠 정도로 술독에 빠져 지내더군요.

여느 때보다 훨씬 더 많은 돈을 잃은 날 저녁, 숄토 소령은 모스턴 대위와 함께 술에 취해 비틀거리며 자신들의 막사로 돌아가고 있었습니다. 그 둘은 형제처럼 항상 붙어 지냈습니다. 숄토 소령은 모스턴 대위에게 자신의 불운을 한탄했습니다.

'이제 다 끝장이야, 모스턴.' 내 막사 앞을 지나던 숄토가 말했습니다. '재산을 모두 잃었단 말이네. 곧 사표를 써야 할 걸세.'

'말도 안 되는 소리!' 대위는 숄토의 어깨를 툭툭 치며 위로했습니다. '나도 지금 곤경에 처해 있네, 하지만…….' 내가 들은 이야기는 여기까지지만 그것만으로도 계획을 결심하기에는 충분했습니다.

며칠 후, 숄토 소령이 바닷가를 거닐고 있을 때 나는 그 기회를 놓치지 않았습니다.

'소령님, 제게 조언을 좀 해주십시오.' 내가 그에게 다가가 말했습니다.

'스몰, 무슨 일인가?' 소령은 입에 물고 있던 궐련을 빼고 대답했습니다.

'여쭙고 싶은 게 있습니다. 숨겨진 보물이 있는데 그걸 어떻게 처리하면 좋을까요. 누구한테 부탁해야 할지 모르겠습니다. 무려 50만 파운드나 되는 보물인데 말입니다. 보물이 숨겨진 장소는 알고 있습니다만, 아시다시피 저는 이곳에 묶인 몸이라 보물을 찾으러 떠날 수 없습니다. 그래서 생각했는데, 아무래도 보물을 정부에 넘기는 것이 가장 좋은 방법 같습니다. 그러면 나라에서 제 형량을 좀 줄여줄 수도 있으니 말입니다. 어떻게 생각하십니까?'

'뭐, 자네 지금 50만 파운드라고 했나?' 소령은 대단히 놀란 눈치였습니다. 행여 내가 거짓말을 하는 것은 아닌지 확인하려고 내 눈을 뚫어지게 쳐다보더군요.

'네, 소령님! 보석과 진주가 가득합니다. 아무나 가져가도 되는 물건입니다. 보석의 진짜 주인은 현재 외국으로 추방당해 보석에 대한 권리를 주장할 수 없는 상황입니다. 그래서 이제 보석을 찾는 자가 주인인 겁니다.'

'그, 그렇다면 저, 정부에, 보석은 정부에……' 그는 더듬거리며 말했고, 주저하는 기색이 역력했지요. 나는 내심 숄토가 내 계략에 걸려들었다고 생각했습니다.

'그러니까, 소령님 생각은 제가 총독에게 이 사실을 알려야 한다는 거죠?' 나는 조용히 말했습니다.

'글쎄, 그러니까 내 말은, 절대 성급하게 행동해서는 안 된다는 거야. 서두르면 반드시 후회할 일이 생기는 법. 자, 우선 그 보물에 관해 모두 이야기해보게. 있는 그대로 말이야.'

나는 보물에 얽힌 이야기를 모두 털어놓았습니다. 물론 숄토가 보물이 있는 곳을 알지 못하도록 약간의 거짓말을 보태긴 했지요. 이야기를 다 끝냈을 때 그는 꼼짝도 하지 않고 깊은 생각에 빠졌습니다. 입술이 파르르 떨리는 것으로 보아 자신의 양심과 투쟁을 하고 있는 듯했습니다.

'스몰, 이건 아주 중대한 사안일세.' 그가 마침내 입을 열었습니다. '누구에게도 이 비밀을 발설해서는 안 돼. 며칠 안에 내가 자네를 다시 부르겠네.'

그리고 이틀 후, 한밤중에 숄토와 그의 친구 모스턴 대위가 램프를 들고 내 막사로 찾아왔습니다.

'모스턴 대위에게 자네 입으로 직접 이야기해봐.' 그가 말했습니다. 나는 숄토에게 했던 이야기를 그대로 들려주었습니다.

'꽤 그럴듯하지 않나?' 숄토가 말했습니다. '스몰의 이야기를 믿고 계획을 세워도 되겠나?'

모스턴 대위는 고개를 끄덕였습니다.

'이보게, 스몰.' 숄토가 말했습니다. '여기 있는 이 친구와 나는 그 보물에 대해 많은 이야기를 나누었네. 그리고 결론을 내렸어. 어쨌든 그 보물은 정부와는 아무런 상관이 없어. 누가 뭐라 해도 자네 개인의 일이지. 물론 보물을 어떻게 처리할 것인지를 결정하는 것도 당연히 자네 몫이네. 그렇다면 문제는, 보물을 건네는 대가로 자네가 요구하는 것이 뭐냐는 걸세. 만일 자네의 요구 조건이 타당하다면 우리가 직접 보물을 찾아서 확인해볼 생각이야.' 그는 최대한 침착하게 무심한 표정으로 말하려 했지만 눈빛은 흥분과 탐욕으로 빛나고 있었습니다.

'아, 조건 말입니까.' 나도 흥분되었지만 숄토처럼 냉정하게 말하려 애썼지요. '지금 제 상황에 처한 사람이라면 누구나 똑같은 요구 조건을 내놓을 겁니다. 음, 제가 자유의 몸이 될 수 있도록 장교님들께서 도와주십시오. 저의 동지 세 명과 함께 말입니다. 그렇게 해주신다면, 동업자로 생각하고 보물의 5분의 1을 두 분 몫으로 드리겠습니다.'

'흠!' 숄토는 미간을 찌푸렸습니다. '5분의 1이라니! 별로 솔깃한 제안은 아니군.'

'한 사람당 5만 파운드씩 돌아갈 겁니다.'

'좋다, 그런데 우리가 너희들을 어떻게 풀어줄 수 있단 말인가? 자네도 이곳 상황을 잘 알겠지만 탈출은 불가능해.'

'결코 그렇지 않습니다.' 내가 대답했습니다. '하나부터 열까지 모두 대책을 세워두었습니다. 다만 탈출하는 데 유일한 걸림돌은 바다를 건너기 위한 배 한 척과 긴 항해에 필요한 충분한 양의 식량을 구할 수 없다는 것입니다. 캘커타나 마드라스에 가면 쓸모 있는 작은 범선이나 요트가 많이 있습니다. 그중 하나를 가져다주십시오. 밤에 몰래 배를 타고 나가서 인도 해안가 아무 데나 우리를 내려주시면 됩니다. 여기까지가 제 요구 조건의 전부입니다.'

'한 사람만 탈출시킨다면 가능할 것도 같군.' 그가 말했습니다.

'모두가 아니면 안 됩니다. 우리 넷은 항상 행동을 함께하기로 맹세했습니다.'

'모스턴, 스몰은 약속을 반드시 지키는 친구인 것 같군. 자신의 동지들을 배신하지 않는 걸 보면 알 수 있지. 이제 스몰을 믿어보세.'

'뭔가 찝찝한 거래지만 자네 말대로 보상금을 두둑이 챙길 수 있으니 한번 해보기로 하지.'

'스몰, 좋아. 자네의 요구 조건을 받아들이도록 하겠네.' 숄토가 말했습니다. '그 전에 먼저, 자네의 이야기가 사실인지 확인을 해야 하니 숨겨진 상자가 어디 있는지 말해주게. 내가 며칠간 휴가를 내고 이번 달 물자 수송선을 타고 인도에 다녀오겠네.'

'너무 서두르지 마십시오.' 숄토가 잔뜩 달아올라 있어서 나는 좀 더 냉정하게 말했습니다. '다른 동지들의 허락을 구해야 합니다. 아까 말했듯이 모두가 동의해야 가능합니다.'

'웃기는 소리!' 그는 별안간 흥분해서 소리쳤지요. '그따위 검둥이 세 놈과 우리 계약이 무슨 상관이 있단 말인가?'

'검든 퍼렇든, 그들은 저의 동지입니다. 우리는 함께 행동합니다!' 나는 단호하게 말했습니다.

그래서 우리는 마호메트 싱, 압둘라 칸, 도스트 아크바르가 모두 모인 자리에서 그 문제를 다시 논의했고, 오랜 토론을 거친 끝에 마침내 결론을 맺었습니다. 결론은 이렇습니다. 내가 두 장교 모두에게 보물이 숨겨진 벽의 위치를 표시하여 아그라 성의 지도를 그려준다. 그리고 숄토 소령은 보물의 진위 여부를 파악하기 위해 인도로 향한다. 보물 상자를 찾으면 확인만 하고 가져오지는 않는다. 숄토는 충분한 식량을 실은 범선 한 척을 루틀란드 섬 한쪽에 숨겨놓고, 우리 네 사람이 이곳을 탈출하여 범선에 올라타는 것을 확인한 후 부대로 복귀한다. 우리가 아그라로 향하는 동안 모스턴 대위도 휴가를 내서 아그라로 떠난다. 아그라에서 우리는 모스턴 대위에게 숄토 소령의 몫이 포함된 보물을 나눠준다.

우리는 이 모든 합의 사항을 무슨 일이 있어도 반드시 지키기로 약속했습니다. 나는 종이와 잉크를 가지고 밤샘 작업을 한 끝에, 다음 날 아침 지도 두 장을 완성할 수 있었습니다. 지도에는 압둘라, 아크바르, 마호메트 그리고 나, 이렇게 네 사람의 이름을 적어 넣었습니다.

내 이야기가 너무 길어서 지루할 것 같군요. 더구나 존스 형사님께서는 나를 조금이라도 빨리 교도소에 넘기고 싶어서 안달이 나 있을 테니 말입니다. 이후의 이야기는 최대한 짧게 줄여보도록 하겠습니다. 악당 숄토는 인도로 떠났지만 돌아오지 않았습니다. 얼마 후 모스턴 대위가 우리를 찾아와서 우편선 승객 명단에 올라 있는 숄토의 이름을 보여주었지요. 숄토의 삼촌이 그에게 재산을 남기고 죽자, 그는 군대를 제대하고 영국으로 떠난 것입니다. 우리와의 약속을 지키지 않고 말이죠. 모스턴 대위는 곧장 아그라 성으로 떠났지만 우리가 예상한 대로 보물은 사라지고 없었습니다. 비열한 악당이 보물을 모두 훔쳐 달아난 겁니다.

숄토는 우리가 비밀을 털어놓는 대가로 제시한 조건을 단 하나도 지키지 않고 가버렸습니다. 그날 이후 나는 오로지 복수만을 위해, 밤낮으로 복수의 칼날을 갈았습니다. 내 마음은 복수심에 불타올랐고 복수의 화염이 나를 집어삼켰습니다. 법이든 교수대든 더 이상 중요치 않았지요. 오로지 이곳을 탈출해서 숄토의 행방을 추적해 내 손으로 직접 놈의 숨통을 끊어놓는 것이 유일한 삶의 목표였습니다. 심지어 아그라의 보물을 찾는 것보다 숄토를 죽이는 일이 더 중요했던 겁니다.

나는 지금까지 많은 일들을 계획했고, 실행에 옮기지 못한 것은 하나도 없었습니다. 하지만 기회가 올 때를 기다리는 동안 거의 미칠 지경이었습니다. 말했듯이 그곳에서 의사를 도와 약을 조제하는 일을 했었는데 어느 날 소머턴 의사가 열병이 나서 누워 있었습니다. 그때 죄수들이 숲에서 발견했다며 키 작은 안다만 섬 원주민 한 명을 데리고 왔지요. 원주민은 자신이 죽을병에 걸린 것을 알고 스스로 죽기 위해 외진 곳을 찾아 숲에 나왔던 겁니다. 그는 어린 독사처럼 위험한 자였지만 나는 성의껏 보살폈고, 몇 달 후 그는 건강을 회복해 걸을 수도 있게 되었습니다. 그때부터 그 난쟁이 원주민은 나를 좋아하기 시작했고, 자신이 살던 곳으로 되돌아가지 않았습니다. 항상 내 막사 주위를 어슬렁거리며 배회했습니다. 나는 그에게서 원주민 언어를 조금 배웠고, 그래서 그 난쟁이는 나를 더 따르게 된 겁니다.

그의 이름은 통가라고 했습니다. 통가는 노를 잘 저었고 크고 넓은 통나무배도 한 척 가지고 있었습니다. 그가 나에게 헌신적이고 나를 위해 무엇이든 할 것이라는 사실을 알았을 때 드디어 탈출 기회가 찾아왔음을 깨달았습니다. 나는 통가와 탈출을 논의했습니다. 저녁에 교도관이 지키지 않는 낡은 선착장으로 녀석이 통나무배를 가지고 와서 나를 태우기로 했습니다. 나는 통가에게 미리 물 몇 바가지와 참마, 코코넛, 고구마 등 먹을거리를 배에 많이 실어놓으라고 일러두었습니다.

난쟁이 통가는 믿음직하고 성실한 원주민이었습니다. 통가보다 더 충실한 친구는 어디에도 없을 겁니다. 약속한 날 저녁, 그는 선착장에 배를 가지고 나왔습니다. 그런데 웬일인지 그날 교도관 한 사람이 그곳을 지키고 있었습니다. 야비한 파탄이라 불리는 자였는데, 툭하면 나를 괴롭히고 공격해서 나는 꼭 한 번 그에게 복수할 기회를 엿보고 있었습니다. 그리고 지금 바로 그 기회가 주어진 것입니다. 마치 내가 이 섬을 떠나기 전에 그에게 진 빚을 갚을 수 있도록 운명이 그를 데려다 놓은 것 같았습니다. 그는 카빈총을 어깨에 메고 나를 등진 채 강기슭에 서 있었습니다. 나는 교도관의 머리를 부숴버리겠다는 생각으로 주위를 둘러보며 큰 돌을 찾았지만, 그만한 돌은 보이지 않았습니다.

그때 묘안이 떠올랐습니다. 나는 이미 쓸 만한 무기를 갖고 있었던 거지요. 어둠 속에 주저앉아 나무다리를 묶고 있던 끈을 풀었습니다. 그리고 한쪽 다리로 세 걸음 정도 껑충껑충 뛰어간 뒤 의족으로 교도관의 두개골을 세게 내리쳤습니다. 너무 힘껏 가격해서 의족에 금이 갔는데 그날의 흔적이 아직도 이렇게 남아 있습니다. 그때 나는 균형을 잡지 못해서 그와 함께 넘어졌지만, 잠시 뒤 몸을 일으켰을 때 그는 아주 고요한 상태로 누워 있었습니다.

나는 통나무배에 올라탔고, 한 시간가량 항해하자 우리는 안다만에서 벗어나 멀리 떨어진 바다로 빠져나올 수 있었습니다. 통가는 자신의 소지품을 싹 다 챙겨 왔더군요. 무기도 가져왔고 모시는 신, 대나무 창, 코코넛 돗자리도 가져왔습니다. 나는 긴 대나무 창과 코코넛 돗자리를 가지고 돛을 만들었습니다. 열흘 동안 우리는 망망대해에서 운명에 몸을 맡긴 채 항해를 계속했습니다. 그리고 열하루째 되던 날, 다행히 말레이 순례자들을 실은 상선에 구조되었습니다. 상선은 싱가포르에서 출발해 지다(홍해의 동부 해안에 위치한 마을로, 메카 순례자들의 주요 상륙장이었음—옮긴이)로 향하고 있었습니다. 그들은 이상한 집단이었지만 통가와 나는 금세 그 분위기에 적응했습니다. 그들은 우리가 혼자 있도록 내버려두었고, 우리에 관해 어떤 질문도 하지 않았습니다. 그것이 그들의 장점이었습니다.

짧게 이야기하겠습니다. 키 작은 친구와 내가 겪은 모험담을 모두 들려주려면 동이 틀 때까지 이야기해도 모자랄 텐데, 그러면 선생들도 별로 달가워하지 않을 것 같아서 말입니다. 우리는 런던으로 갈 기회가 몇 번 있었지만 그럴 때마다 일이 생기는 바람에 런던행이 좌절됐습니다. 그래서 세계 곳곳을 돌아다녀야 했지요. 하지만 한 순간도 내 목적을 잊어버린 적은 없었습니다. 숄토의 꿈을 꾸기도 했는데 꿈속에서 그를 수백 번도 더 죽였습니다.

그렇게 기다린 끝에 3-4년 전 드디어 영국에 도착했습니다. 숄토가 어디 사는지 찾는 데는 그리 많은 시간이 걸리지 않았지요. 나는 그자가 보물을 다 팔아치웠는지, 아니면 아직도 가지고 있는지 확인하기 위해 여기저기 알아보았습니다. 그리고 나를 도와줄 수 있는 친구를 몇 명 사귀었지요. 하지만 그들의 이름은 말하지 않겠습니다. 다른 사람들한테까지 피해를 입히고 싶지는 않으니까요. 어쨌든 나는 그가 아직도 보석을 가지고 있다는 사실을 알아냈습니다. 그래서 갖은 방법을 동원해 그에게 복수를 하려고 노력했지만

The Sign of Four

그는 아주 교활한 놈이었어요. 어디를 가더라도 항상 전직 권투 선수 두 명의 경호를 받았고, 키트무트가와 두 아들이 그의 곁을 지키고 있었습니다.

그러던 어느 날, 그가 죽어가고 있다는 소식을 듣고 서둘러 숄토의 집에 침입했습니다. 그에게 복수할 기회가 영영 사라질지 모른다고 생각하니 미칠 것만 같더군요. 나는 창문을 통해 방 안을 엿보았습니다. 숄토가 침대에 누워 있었고 양옆에 두 아들이 앉아 있더군요. 당장 들어가서 녀석을 내 손으로 죽이고 싶은 걸 꾹 참았습니다. 그리고 바로 그 순간, 숄토는 고개를 떨어뜨리며 죽었습니다. 그날 밤 나는 보물에 관한 작은 단서라도 찾기 위해 숄토의 방에 잠입했습니다. 하지만 아무것도 찾을 수 없었습니다.

답답한 마음을 안고 방을 떠나려는데 문득 죽은 숄토에게 어떤 식으로든 나와 동지들의 원한을 표시해놓고 가야겠다는 생각이 들었습니다. 만일 시크교도 동지들이 이 일을 알게 된다면 그들도 크게 기뻐할 겁니다. 나는 지도에 쓴 것처럼 네 사람의 이름을 종이 위에 갈겨 적은 후 숄토의 가슴에 핀으로 꽂아두었습니다. 숄토에게 속아 보물을 강탈당한 사람들의 분노를 보여주는 증표도 없이 그를 곱게 무덤에 보내주기 싫었습니다.

우리는 장터 따위를 전전하면서 통가를 검은 식인종이라고 구경시키며 밥벌이를 했습니다. 통가는 사람들 앞에서 날고기를 먹고 원주민의 출전의 춤을 보여주었습니다. 하루 일이 끝나면 모자 안에 잔돈이 한가득 채워져 있었지요. 먹고살기 급급한 와중에도 항상 폰디체리 저택의 소식을 접하고 있었지만, 숄토의 아들이 온 집 안을 샅샅이 살피며 보물을 찾는 것 말고는 몇 년 동안 저택에 별다른 일은 없었습니다. 길고 긴 기다림 끝에 마침내 우리는 보물을 찾았다는 소식을 들었습니다. 보물은 바솔로뮤 숄토의 화학 실험실 천장에 있었던 겁니다.

나는 곧장 저택으로 가서 보물이 숨겨진 곳을 확인했습니다. 그런데 그의 방은 너무 높은 곳에 있었습니다. 의족을 한 다리로 어떻게 올라가야 할지 막막했는데, 저택에 살고 있는 친구를 통해 지붕에 들창이 있다는 사실과 숄토의 저녁 식사 시간을 알아냈습니다. 통가가 돕는다면 이번 일을 쉽게 해결할 수 있겠다는 생각에, 나는 통가의 허리에 긴 밧줄을 묶어서 저택으로 데리고 갔습니다. 그는 고양이처럼 벽을 타고 지붕까지 순식간에 올라갔지요. 그런데 예상 치 못하게 바솔로뮤 숄토가 아직 방 안에 있었던 겁니다.

통가는 독침을 사용해 숄토를 죽였습니다. 내가 밧줄을 타고 방 안에 들어왔을 때, 통가는 자신이 칭찬받을 만한 일을 했다고 생각 했는지, 공작새처럼 고개를 꼿꼿이 세우고 잔뜩 거만한 표정을 짓고 있었습니다. 내가 녀석에게 피에 굶주린 악마 같은 놈이라고 욕하며 밧줄로 마구 때리자 통가는 매우 놀란 눈치였습니다. 보물 상자를 내린 후 나도 조심해서 내려갔습니다. 물론 방을 떠나기 전, 탁자 위에 네 사람의 서명을 적은 메모를 남겨 보물을 가질 정당한 권리가 있는 사람에게 마침내 보물이 돌아갔다는 사실을 밝혔지요. 내가 내려간 후 통가는 밧줄을 끌어당겼습니다. 그리고 창문을 다시 닫고 자신이 왔던 길로 집을 빠져나왔습니다.

또 무슨 이야기를 더 해야 할지 모르겠군요. 음, 나는 뱃사람들 사이에서 스미스의 오로라호에 대한 소문을 들었는데 오로라호는 대단히 빠른 속도를 자랑했습니다. 그래서 오로라호를 타면 이곳을 쉽게 탈출할 수 있겠다고 생각하고 스미스 씨를 찾아가 배를 빌렸던 겁니다. 그리고 우리를 항구까지 안전하게 데려다 주면 스미스 씨에게 더 많은 돈을 주기로 약속했지요. 물론 그도 우리의 행동에서 좀 이상한 낌새를 알아차렸겠지만 비밀에 대해서는 전혀 알지 못했습니다. 지금까지의 내 말은 모두 사실입니다. 내가 이렇게 솔직히 털어놓는 것은 여러분을 즐겁게 해주기 위해서가 아닙니다. 다만 아무것도 숨기지 않는 것이 내가 선택할 수 있는 최선의 자기 방어라고 생각했기 때문이지요. 또 세상 사람들에게 숄토 소령 때문에 내가 얼마나 오랫동안 고생을 했는지 알리고 싶고, 숄토 아들의 죽음과 무관하다는 사실도 밝히고 싶었습니다."

"아주 인상적인 진술이었습니다." 셜록 홈즈가 말했다. "대단히 흥미로운 이야기에 잘 어울리는 결말이군요. 후반부 이야기 중에서는 당신이 직접 밧줄을 가지고 저택에 들어갔다는 것만 빼면 모두 알고 있는 내용이었습니다. 아무튼, 통가가 잃어버린 독침 주머니가 그가 소지하고 있는 독침의 전부이기를 바랐는데 오로라호 추격 때 용케도 우리를 향해 하나를 쏘았더군요."

"그가 가진 유일한 침통을 잃어버린 게 맞습니다. 하나는 대롱에 남아 있던 겁니다."

"아, 그런가요? 거기까지는 생각을 못했군요."

"이번 사건에 대해 더 궁금한 점은 없습니까?" 스몰이 편안한 목소리로 물었다.

"이제 없군요. 고맙습니다." 홈즈가 대답했다.

"홈즈 선생." 애셜니 존스가 말했다. "당신이 범죄 수사 전문가라는 사실은 우리 모두 알고 있지만 경찰로서 지켜야 할 의무가 있습니다. 더구나 나는 홈즈 씨와 친구분의 요구 사항을 들어주기 위해 크게 무리했습니다. 이제 저 이야기꾼을 경찰서로 데려가서 철창에 잘 가둬두어야 마음이 놓일 것 같군요. 마차가 아직 밖에 서 있고 아래층에 경위 두 명이 기다리고 있습니다. 두 분 모두 도와주셔서 대단히 감사합니다. 제가 큰 빚을 졌군요. 물론 두 분 모두 법정에 출석해야 할 겁니다. 그럼 이만."

"안녕히 계십시오." 스몰이 홈즈와 나를 보며 인사했다.

"스몰, 먼저 나가라." 두 사람이 방을 나설 때 존스 형사가 경계하는 눈초리로 말했다. "네가 안다만 제도에서 어떻게 교도관에게 그런 짓을 할 수 있었는지 모르겠지만, 어쨌든 나는 네 의족에 뒤통수를 맞지 않도록 각별히 신경 쓸 것이다."

그들이 나간 후, 우리는 조용히 시가를 피웠다.

"자, 이제 우리의 드라마도 막을 내렸군." 내가 말했다. "그리고 아쉽게도 이 하숙집에서 자네의 수사 방법을 배울 기회도 이걸로 마지막인 것 같아. 모스턴 양이 내 청혼을 받아주었거든."

홈즈는 몹시 침울한 표정으로 탄식했다.

"나도 자네만큼 아쉽군." 그는 잠시 말을 잇지 못했다. "아무래도 축하한다는 말은 못 하겠어."

나는 조금 속이 상했다.

"내 선택에 무슨 불만이라도 있어?" 내가 물었다.

"아니야, 전혀 없어. 내가 보기에도 모스턴 양은 대단히 매력적인 아가씨야. 그리고 이번 수사에 그녀의 도움이 컸다고 할 수 있지. 분명히 특별한 재능을 가진 여성이야. 아버지가 남긴 그 많은 서류 중 아그라의 지도를 보관하고 있었던 것만 보더라도 타고난 감각이 있다고 말할 수 있지. 하지만 사랑은 감정적인 것이거든. 그것은 내가 최우선으로 여기는 냉철한 이성과는 정반대지. 정확하고 냉철한 판단을 내리기 위해서라도 나는 절대 결혼은 하지 않을 생각이야."

"나는 감정의 시련 속에서도 냉철한 판단을 유지할 수 있다고 믿어. 자네 몹시 피곤해 보이는군."

"그래, 반작용이 벌써 시작되었어. 앞으로 일주일 동안은 넝마처럼 축 늘어져 있게 될 거야."

"정말 이상하군." 내가 말했다. "자네의 그 폭발적인 에너지가 어떻게 게으름이라는 기질로 순식간에 대체될 수 있는지 참 신기해."

"맞아." 그가 대답했다. "나는 지독한 게으름뱅이 기질과 원기 왕성한 탐정 기질을 모두 갖추었어. 이따금 괴테의 옛말을 생각하곤 해. '선인과 악인 둘 다 만들기에 충분한 재료가 있었건만, 어찌 자연은 그대 하나만을 만들었단 말인가.' 아차, 이번 노우드 사건에서 숄토 집안 내에 스몰의 범행을 도운 자가 있어. 틀림없이 랄 라오 집사일 거야. 그래서 존스 형사는 사실상 마지막 물고기 한 마리를 낚아 올린 데 대한 공로만큼은 독차지할 수 있게 됐지."

"불공평하군. 이번 사건은 자네가 모두 해결한 것이나 다름없는데 말이야. 나는 이번 사건에서 아내를 얻었고, 존스는 명예를 되찾았어. 그런데 자네에게 남은 것은 뭐지?"

"나에게 남은 것?" 셜록 홈즈가 말했다. "걱정 마, 나한테는 코카인이 있으니 말이야." 홈즈는 코카인이 담긴 병을 향해 길고 하얀 손가락을 내밀었다.

네 사람의 서명

지은이 ǀ 아서 코난 도일
옮긴이 ǀ 인트랜스 번역원
펴낸이 ǀ 양숙진

초판 1쇄 펴낸날 ǀ 2013년 5월 3일

펴낸곳 ǀ ㈜**현대문학**
등록번호 ǀ 제1-452호
주소 ǀ 137-905 서울시 서초구 잠원동 41-10
전화 ǀ 02-2017-0280
팩스 ǀ 02-516-5433
홈페이지 www.hdmh.co.kr

ISBN 978-89-7275-635-4 04840
ISBN 978-89-7275-563-0 (세트)

* 책값은 뒤표지에 있습니다.